洗 澡 课

杨小滨 著

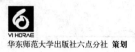
华东师范大学出版社六点分社 **策划**

目录

辑一　女世界-------- 1

为女太阳干杯-------- 3

我们走在女路上-------- 4

一阵女风吹来-------- 5

送你一朵女玫瑰疹-------- 6

我心里有个女秘密-------- 7

女钟笔记-------- 8

在女黄昏醒来-------- 9

学做女料理-------- 10

给女太阳挠痒-------- 12

女气象图说-------- 13

怀抱一座女桥-------- 14

女葡萄的一次梦呓-------- 15

致女苹果-------- 17

女风景画传-------- 18

女年女月女日的故事-------- 19

女红绿灯之城-------- 20

怀念女卵石⋯⋯ 22

爱上女金鱼⋯⋯ 24

恋上女夏天⋯⋯ 26

九颗女馄饨⋯⋯ 27

在女树下乘凉⋯⋯ 29

美丽女错误⋯⋯ 30

女坏人之歌⋯⋯ 31

女轮之歌⋯⋯ 32

伤心女牙膏⋯⋯ 34

下坠的女时钟⋯⋯ 35

女银行物语⋯⋯ 36

海鲜女酒楼用餐须知⋯⋯ 37

中国女声音⋯⋯ 39

忠孝东路的女故事⋯⋯ 41

女雪歌⋯⋯ 43

蹚过女冰河⋯⋯ 44

辑二　多谈点主义⋯⋯ 47

后销售主义者周记⋯⋯ 49

愤怒鸟主义⋯⋯ 51

极乐鸟主义⋯⋯ 52

世俗主义者的平安夜⋯⋯ 53

假春天主义歌谣⋯⋯⋯ 54

后律诗：唯名主义者沙弥尼⋯⋯⋯ 55

后野狼主义研讨会花絮⋯⋯⋯ 56

后团拜主义⋯⋯⋯ 58

正午黑暗主义⋯⋯⋯ 59

怀疑主义者笔记⋯⋯⋯ 60

辩证怪物主义者轶事⋯⋯⋯ 62

山水诗主义⋯⋯⋯ 63

课间操主义⋯⋯⋯ 65

莫扎特主义⋯⋯⋯ 66

冷乒乓主义⋯⋯⋯ 67

夜行船主义⋯⋯⋯ 68

点绛唇主义⋯⋯⋯ 69

鱼奶中心主义及其他⋯⋯⋯ 70

后怀旧主义⋯⋯⋯ 71

伪小夜曲主义⋯⋯⋯ 72

软钉子主义⋯⋯⋯ 73

老照片主义⋯⋯⋯ 74

不冒太空气泡主义⋯⋯⋯ 75

后投毒主义⋯⋯⋯ 76

后袭警主义⋯⋯⋯ 77

后鞋袭主义⋯⋯⋯ 78

后和谐主义哀歌⋯⋯⋯ 79

后耳顺主义⋯⋯⋯ 80

后葬礼主义⋯⋯⋯ 82

后拳头主义⋯⋯⋯ 83

黑金刚主义⋯⋯⋯ 85

万花筒主义⋯⋯⋯ 86

无影腿主义⋯⋯⋯ 87

哈哈镜主义⋯⋯⋯ 88

豆豆糖主义⋯⋯⋯ 89

抖包袱主义⋯⋯⋯ 90

辑三　指南录⋯⋯⋯ 91

后事指南⋯⋯⋯ 93

大爆炸指南⋯⋯⋯ 94

末日指南⋯⋯⋯ 96

深蓝少年指南⋯⋯⋯ 98

宾至如归指南⋯⋯⋯ 99

购屋指南⋯⋯⋯ 100

以及婚礼观赏指南⋯⋯⋯ 102

冻蒜指南⋯⋯⋯ 103

踹供指南⋯⋯⋯ 104

交通指南⋯⋯⋯ 105

雨季指南········ 106

诗作丢弃指南········ 107

明星教育指南········ 108

莫言获奖指南········ 110

秋日指南········ 111

勒索指南········ 112

拔草指南········ 113

校园参观指南········ 114

焦虑指南········ 115

谒陵指南········ 116

神农山防火指南········ 117

自行引爆指南········ 119

赝品指南········ 120

未来追忆指南········ 122

愚人节指南········ 123

旧社会指南········ 124

乾坤腾挪指南········ 125

去留指南········ 126

淘金指南········ 128

星光值指南········ 130

洗肺指南········ 132

暗物质指南········ 133

嘌呤指南······· 134

撬锁指南······· 135

软机器指南······· 136

朱自清欣赏指南······· 138

呼吸指南······· 139

辑四　自修课······· 141

怀旧课······· 143

礼仪课······· 145

洗澡课······· 147

天气课······· 149

命运课······· 151

穿刺课······· 152

弯腰课······· 154

辑五　法镭及其他······· 155

寻人启事······· 157

法镭在台湾······· 159

路遇小学老师······· 161

眼镜店的法镭······· 163

2015年7月1日7点59分60秒······· 164

法镭闹海——给森子······· 166

虎林街········ 168

到海巢去········ 170

美国组曲（组诗）········ 172

    北美州际高速公路出口指南········ 172

    本校中文班学生名册········ 174

    拉法叶郡郊外风景图········ 175

    校园暮春遇同事········ 178

开车途经一个名叫吊诡的小镇········ 182

锯木厂的冬天········ 184

我们时代的黑格尔········ 185

鬼魂进行曲········ 187

天桥不见了········ 189

中全公园的三棵树（三首）········ 190

一只蝴蝶飞过凯达格兰大道········ 195

霹雳州的西湖········ 196

在叶芝故居········ 198

怀沙········ 199

雨女连影········ 201

黎春巴天········ 202

赤佬十四行（沪语诗）········ 204

夜上海（沪语诗）········ 205

卧姿（音译普拉斯诗一首）········ 207

一个男幽灵的女世界　秦晓宇········ 210

辑一　女世界

为女太阳干杯

不过,当太阳蹲下来嘘嘘的时候,
我才发现她是女的。

她从一清早就活泼异常。
树梢上跳跳,窗户上舔舔,有如
一个刚出教养所的少年犯。

她浑身发烫。她好像在找水喝。
我递给她一杯男冰啤:
"你发烧了,降降温吧。"

她反手掐住我脖子不放:
"别废话,那你先喝了这口。"
她一边吮吸我,一边吐出昨夜的黑。

"好,那我们干了这杯。"

瞬间,她把大海一口吸干,醉倒在地平线上:
"世界软软的,真拿他没办法。"

我们走在女路上

远远跑来一条路,她用阳光
扑倒了我。但我的老年
根本看不上她积雨的锁骨。

被强吻时,我呕出了路的汁液。
春天,路拧干后更加没趣。
一踩秀发,我就跌入蜘蛛地图。

路抱紧我,仿佛我是她的恨;
路抽打我的步伐,像玩拨浪鼓。

她招展的舌为我指方向:
"过了晴天,不再会有江湖。"

我看不见正前方,因为路扭扭
捏捏,好像光明会有剧毒。

但远远地,另一条路在招手:
她的笑容也在另一边,看上去像哭。

一阵女风吹来

一阵女风吹来,却没有带来女雨。
我有点紧张,起了鸡皮女疙瘩。

一阵女风吹来,传来远处的女音乐。
我好悲伤,流下女眼泪不说,
还写了一首女诗。

一阵女风吹来,我根本睡不着女午觉。
不管谁丢下女脏话。

一阵女风吹来,女电话铃响起。
也听不清女英文。女街上
女灯点亮了我的女欢喜。

一阵女风吹来。女烟一缕飘忽在
飞驰的女火车上,像女刀割破男时间。

送你一朵女玫瑰疹

送你一朵女玫瑰疹,
还我什么?
一篮哭喊。
把你叫做女巧克力也不甜。

借你一束女桃花劫,
还我什么?
百年孤独。
开满影子也找不见女篝火。

寄你一把女芝麻盐,
还我什么?
十面埋伏。
只有女秋天刺耳响起。

喂你一口女西瓜霜,
还我什么?
一轮明月。
女白眼赶走了男乌托邦。

我心里有个女秘密

还用说吗?她假装
把彩灯挂在玫瑰眼圈上,

问我镜中天黑了没。我不敢听
雨声,病得多慌张。

卸下妆就露出动物园,
爬到地图上等受伤。

灯影里溢出咸,那是
鬼呼吸着红,练习翻床。

半夜用哈欠数乱发,
秒针总是比分针还长。

藏进心里,掏出来就更新,
扯成丝,要变无事忙。

女钟笔记

三点半弯腰过来,她发不出
十一点零五的尖叫。

钻进阴天酸溜溜的腋下,
她等着抛十点多的媚眼。

九点揉痛了八点的惺忪,
早晨打了个哈欠,以为是梦。

她站在一点半的山崖上,
张望更陡峭的午后。

绕了一圈,尖的依旧尖,
双腿被四点钟撇开,还等什么。

一抬头又愁眉,满世界蛇影
拗造型缠住她秒杀的花容。

在女黄昏醒来

黄昏是温柔乡吗？夜快降临了。
醒来还没黑，一股焦味
仿佛末日，总是那么诱人。
已经发不出声了，但还记得
清晨狰狞成多余的冷。
而黄昏，用力闻也能闻出
巧克力，黏住嘴唇的那种，
就舍不得留给蚂蚁了。
被黄昏骗就骗了吧。
至少明天还赶不上今天，
可以趁这一刻的朦胧
再大病一场，用暮色
洗刷几天来的罪，
就如同淹没在糖浆里，
一生的甘甜都变得致命。

学做女料理

1

撒一把泪,会不会
又辣出更多泪?
加些盈盈笑,是否
比江南烟雨还甜?

2

拌在娇嗔里,就有
乳香扑鼻而来。
从还没破碎的瓷,
喝下眼波迷离。

3

烤不掉的骚味缭绕,
熏出满眼昏黑。
炉膛里燃起小心肝,
明火执仗,吞噬了冷艳。

4

在汤里躺下，噘嘴，
怀抱葱白而眠吧。
肌肤暖如乱炖，
千堆雪融成三鲜羹。

5

最烫时，披一身云雾，
开出水芙蓉蛋花。
煮活的美人鱼呢，
刺红了鼻尖上的女儿国。

给女太阳挠痒

她一笑,世界就透不过气来,
汗津津的秘密峡谷,
她有春天的风和脾气。

她荡漾,撒几片晨曦,
身段红起来,让我的
懒腰里也涌出花朵。

她喊来另一次潮汐,
高亢处,正午黑暗降临,
叫醒我深海的幻影。

她丢出星星般的眼神,
告别西天取来的美酒。
她一醉,世界便呢喃成颤音。

女气象图说

互相吞下后,从身上撕掉了云,
把纠缠的雨泼在一边。
继续唱出骨刺的高亢。

有雷声揉成一团倾诉。丢掉淅沥
剩下的发丝打不湿情绪。
一汪年轻,淹没了喉咙里的墓。

在浓雾里搅出辛辣,含一枚
月亮,说死了两厢不愿。
月光几乎是砸过来的。

让人滑倒的不是霜,
是脸色,背面藏起干涸。
起先是泪花,然后换成冰花。

谁吐出了七星暴风剑?
两种头颅,一样情仇。
吹散乌鸦梦,就噙住满眼海水。

怀抱一座女桥

怀抱一座女桥,如同怀抱彩虹。
在雨后,泪奔的河上。
甩出时,桥的劈叉令人惊叹。
已经留不住了,那阵风,
落日吞没了桥上的游魂。

把女桥卷起来呢?假如,
她捆不住黄昏的河,
那就只好无力成水蛇,
揉出琵琶的碎日子。
那是女桥的一点羞涩。

抻长的女桥,眯在丹凤眼里。
世界只是倒影,从
桥孔里挤到另一个天地,
就忘记来时的方向,
金灿灿,但漫无边际。

女葡萄的一次梦呓

     "……这是一款……
产自葡萄牙的葡萄酒……
她的阴影……烛光凌乱下
酷似一串串……葡萄……

"是的先生……您必须……用您
的软惊诧，去揉捏……
……假如……海不敌她潮红……
月亮升起，沿千重酒意……

"……您会沉入，葡萄核里葡萄……
哦，是的……让血淹没您，每个器官……
深甜……只为了您

"裸身，漂浮在殷红以降……
您会记得……葡萄尖叫不已……

"……请喝完她而……

为淤紫干杯……为伤口……
咬住她,咬碎
……满嘴咬葡萄胎……

"这是一款……产自葡萄牙的
……葡萄皮……不吐不快

"这是一款……是她……
的旱年……旱年的她……

"兽液绯红……"

致女苹果

怎么,你还不愿熟透吗?
我以为,红彤彤一定是最痛的,
看来你好像晒伤了。

你很毒,但不会比太阳更毒。
所以,我总是把你关在暗室里咬。
我一紧张,脸就会陷进你,
全身长满香喷喷的渣。

这不是我的初衷。因为
果肉圆起来,也不会比我更圆。
你又何不放下身段,
脱去果皮,渗出新鲜汁液呢?

你不忍从树上落下吗?
你怕世界的怀抱有多么透心凉。

没关系,你要吃掉我也行。
前提是,我是一只贪心的男毛毛虫。

女风景画传

屁股说,再高一点吧。
远看,一汪眼泪
溅起秋天,连水面也
泛红了,捂不住荡漾。
蝴蝶挑逗了多少意乱?
落叶只剩一堆情迷。
是常常要扑倒的那种冷,
不免惊叫成艳照,
仿佛天气又变正经了。
远远踮起的不是盼望
是一截扳不直的弧
反弹给银河琵琶,让一滴露
浑圆欲放,却软不过天空。
屁股吃吃笑了,用绯红
抹掉桃红,翘起整座森林……

女年女月女日的故事

(我们在雾里互相叫喊。)

她的声音有如从海底捞起
一条比目鱼,沙哑,
湿漉漉扑腾,拧出漫天云雾。

(我们约在堤岸上热吻。)

她的鼻息急促,好像一条
快要昏厥的水蛇。游到对岸时
她抓住了粼粼波光。

(我们光溜溜地撞弯了。)

她全身飘满细雨,仿佛
一场水母的疾病,从琴弦蔓延出
万般妖娆,缠绵不止。

(我们晾在沙滩上,被踩得稀烂。)

女红绿灯之城

在我身后的姐妹花,曾经
翻滚成欢爱,给这个城市
带来多少亮点。她会说,
嗯,或者,不,偶尔
也在两者间犹疑,在
新叶和花瓣间闪烁
阳光,但转瞬即逝,
是我的最爱,变幻出
无限迷离。姐妹们
不知疲倦的三重唱,
给春天多少假意的深情,
而她们的眼神,远远看去
献给每一个旅人,照亮
无穷动的飞轮,跳向未来,
或猛然止步于惊魂。
在我面前的乱花迷眼,
一眨见就心软,一娇嗔就
片片狼藉,飞吻出滴答钟声,

提醒每一次阡陌交错
都要错乱于艳遇,正如我
留下的眩晕,依旧
在分分秒秒的徘徊间,
眼巴巴地,喘息着成长……

怀念女卵石

在海滩上,那些光滑精灵,
像掉落人间的白矮星。

我曾经把她们扔进海里,
看海面能升得多高。

卵石比暗礁狡猾,从不悔恨
时间被砸得七零八落。

一个世界丢掉不再回来。
我手里漏走了她们的满不在乎。

海风吹过指缝还剩下什么?
乌云呕吐了浅滩就散去。

我揣摩不透卵石的硬心肠,
可不可以留给浪尖轻薄。

但她们是我葬身之地,
咬不动,却圆润无比。

爱上女金鱼

你又可以说她是水里一团火,
其实她只是一尾新月跌进鱼汤。

默念她冰雪聪明的快乐,
你让她无奈得灿然,腰肢招展。

一条嘻哈鱼,脱下罗裙便美味,
不,她宁愿委身水晶宫的冷。

你让冬天滑出手指,滑到
喷泉够不到的银河。

在另一排岸上拍打小趣味,
她嘘出气泡,你数鳞片。

她跟水草商量着什么,
你又想说,玫瑰鱼别躲太远。

你钓起一声叹息,把脖子
勒住,她也会爱上你。

恋上女夏天

她开出胡说的花朵,
夏天也随便起来,
蜂房一蛋疼就炸出甜蜜。

她全身飘散该死的柳絮,
被蝴蝶裙迷离了,
在一阵阵香吻里摇曳。

她乱透的粉拳挥成烟,
摇落了纸飞艇,
吹垮乌云的万般喜庆。

九颗女馄饨

一颗掉进汤里,溅起的
也许叫做涟漪,也许
叫做小雨点,小清新……

一颗是辣的。她反过来
咬住我的舌头,不让我闭嘴。
她在我全身奔跑,绕过
骨栏杆,抓紧无限的肉……

一颗是绿色的,绿得发涩,
有早晨的草味。她用喘息
淹没我时,味蕾已经老去……

有一颗在角落自转,看不出
是伤心还是骄傲。她的热舞
在滑音里思索漩涡美,
她下沉,扭动在水母裙下……

鲤鱼般的另一颗游向碗边，
几乎抓不住。她的逃逸
吻得更迫切，跃过每一寸历史……

有一颗还在鲜美里飞翔，
不像告别，倒像是玩弄酸甜，
撇开了一生的性感波浪……

那一颗呢，躲在姐妹身边的
假温柔，弯腰，羞涩，
等待琴声滴落，张大了嘴……

还有一颗旧的，认不出的水雷，
沉默如珍珠，灼热如狼。
她把正午吞噬在泪水里，
袒露熟透的小腹，扑向深渊……

这最后一颗呢？她不安的一瞥
软成夏天，背过身去，
一抿嘴就饱含了千山万水……

在女树下乘凉

就这样覆盖我吧。
就这样,不看见有飞的,
也不问谁跑得更快。

我听到水晶刀划过天空。

平原其实也可以空出来,
换成风景画上的阴影。

抬头就是透心凉的汁液。

就这样,秋天沿双颊流下,
这世界真和我一样咸。

美丽女错误

很多错,都更错了。
但最错的,是喜欢一切错。

谁也说不准是哪次错过,
也就不可能真的说破。

女错误总有半个狐媚夜,
另外半个交给了魔戒。

原本要靠金错刀来了结,
却最终拗不过一双绣花鞋。

钻进别人的情书窥视眼泪,
听见自己在信封里撕心裂肺。

还有人比她更怕月亮会飞?
女错误才不管,一条路走到黑。

女坏人之歌

女坏人躺在靴子里潜入河底用发丝勒住水
女坏人飞雨如箭,学习天空的淫荡

女坏人呢喃镜中灰,沿梳子挥过来傲慢
女坏人一转身就烧得通红,为一缕烟胡旋出妖精

女坏人又轰隆隆奔来,唱短歌,喝烂酒
女坏人醉倒在自己的墨迹里扑打月亮

女坏人撕碎鸡毛信,以为可以飘落无限
女坏人伸懒腰,长成藤蔓又坠成满脸花朵

女坏人骑双眼皮而来,俏得减去狰狞还剩狡猾
女坏人用眼泪弹琴,把泛音送给流氓兔

女坏人一含情就烫破嘴唇,面如水色,吐一身梦话
女坏人剪完冬天就这样睡过去,仿佛不认识春天

女轮之歌

她的车翻出无限内脏:
金属痛,咬住前程万里,
她的焦黑冷到肺
而从脸开始胡旋舞,
飞也似地,炎症渗出艺术。
尖利要点亮什么萤火?
窅远了,世界被撞弯,
用节日披挂更多的野兽。

请原谅,内胎忘在嘴里,
思想塞爆时,好胃口,
连月食也滚远到天空的饿
她的美,凌迟辉煌
还没掉落就欢笑不止。
那么,车辙在记忆里画上
一个完美括号,耳光般
摇头,用嘶叫割成刀痕

也能无比圆润。碾过的平整
千层云,裹起满身湿疹
要她扑飞,要她转眼一闪,
不管落叶宛转到几时,
抓住风,要她奔如流星

伤心女牙膏

说是泪水吧,却滴不下来。
说是水果糖吧,又不甜。

说是时间吧,倒还能挤出一小撮,
捏到嘴里的时候有那么点软心肠。

说圆滚滚吧,总算不会更胖,
洗掉的情感一定只留下沈腰潘鬓。

说白花花吧,也就是泡沫而已,
吐一口是一口,直到反胃。

下坠的女时钟

你坚持要把春秋抛入一个漩涡。
树叶哗啦啦奔跑,
在落地前的一瞬间闭上眼睛。

而在季节中央,只有天使
才能捏出记忆的沙漏。
一声呕吐悬在半空,
一次撇嘴,和一生的绕行

但时钟漏掉了时间。
它着地的时刻,
时光炸开了天堂。

女银行物语

纸币嗲兮兮，皱起腰说
把我卷成晚霞吧。
故事被翻红浪，股市
露出脚底，踢出白花花。

白花花里有白茫茫，
云端会掉下万人迷吗？
女元宝笑答：那就用
口袋的叮当声给我当密码吧。

密码把子宫锁住，储蓄
长成老胎儿。没有一张卡
可以打开女提款机。
她撇嘴：让我洗完钱睡吧。

睡在小数点边上，女经济
出落成新娘，在红包底下
藏好初夜。她发愁：
把我叠成捅不破的纸吧。

海鲜女酒楼用餐须知

脸红前,先用胸衣夹起龙虾。

把手表拨慢一小时,等一首渔歌醉到天亮。

抱起厨房,你必须看到大海裙下的火焰。

玫瑰被墨鱼衔出,把握你的艳美感。

在美容汤的咸和酸之间选择煎服。

情急之下,吞咽整条街上游走的男死鱼。

骨鲠在喉,你只能忘记初夜的缱绻。

网破,不见得是欲仙欲死的前兆。

打开蒸笼,反倒能闻到呛鼻的泪水。

另一处颜射的日光腌制了月貌的腥泥螺。

从蟹酱里探出头,就能品尝男星期一的无味。

叩谢烂鱼额,就像叩谢炸焦的远祖。

把学踢毽子的海蜇赶回淫荡的睡梦。

把鳖灯挂到窗外,挂在女天的明灭间。

中国女声音

在所有的胖子里,你
是最好听的。你是我们
日夜膨胀的失踪天籁。

火车在一场哈欠里轰隆,
用雷声震荡床上的黑。
鼓起的不是勇气,是鱼鳃,
你从奇怪里浮上来,嘴型
像天使,嘟成星期天。

你总是忙于吹高音气球,
一直飘到泥足仙境。
从蘑菇云端放眼望,
泼掉的眼珠鲜如灵芝。

你正是那个悬浮女王。
把整个身躯倒过来,
你就听见被淹没的太空

轰鸣,陷入肉体,
软成翻卷大地的舌头。

忠孝东路的女故事

下雨了,这淫荡的天空。
我刚走出丹堤,
信义区就脸红了。
我披着苦出身,
任凭空气藏起果味。

想唱台北就是我的家,
表情沾满口香糖。
哼不完的总是春风。
唾沫只好说起日语来,
雅孅蝶扑飞粉娇娘。

路边摊也浅笑了,
递过来蔡依林。
肤色洗不干净,
微痛,一脸醉意。
躺下的水才最烫人。

雨声呻吟不止,
我的伞欢喜极了。
假如摩托都跑成小白兔,
我干脆掏出胡萝卜,
诱惑满街的玩具鼻子。

女雪歌

　　　　　　在新英格兰，
只听水声会让你误以为
到了白沙海岸。有时，
日色也拍起肩来，
一反常态地放下架子。
但雪要跟太阳学的是嘹亮：
山上的雪比起河里的雪
谁唱得更悠扬？
　　　　　　在佛蒙特，
山上的雪脱去了亵衣，
只有云听见她们的
娃娃音，而河里的雪
一边裸泳，一边吹野草
挥霍北风。
　　　　　　在约翰逊村，
到处是晴天，用刀刃
投掷出炫目的冷艳：
而你记得的昨夜
只有雪的利齿，白茫茫。

蹚过女冰河

浮冰哼着艳曲,不搭理
岸边的我。我下水了。

我捧起一小块冰,闻她的鱼腥,
她伸出冻僵的手抓住我双肩。

滑溜溜的冰,让我倍感无力,
我的脚变成河床的一部分。

在云影身下,滚烫的泡沫
吐出呓语,却没有卵石听——

卵石埋在冰层里,心里发凉,
脑袋发软,命运交给水。

浮冰漂得比我的欲望快,
让我的双腿麻木成草。

对岸的白雪不是公主,
可一旦跑成了鹿,也会尖叫,

也会蹬跳,或就此消失,
像是冰碴含在嘴里,

升上痛的巅峰,醍醐灌顶
也不惜赤条条地去——

我捡起水底的枯叶,还给
对岸的枫林,祝它早日苏醒。

辑二　多谈点主义

INDEX

后销售主义者周记

第一天,我卖的是噩梦,
但一个都没卖出去。
梦和梦,堆在卧室里,骨肉相连着。

第二天,我改卖哈欠,也无人问津。
热腾腾的新鲜哈欠,是不是太湿,
以至重量超过了人们的承受力?

第三天,我开始卖喷嚏。
一阵响亮,逃走的比赶来的还多。
我很奇怪:难道
非要更私密才行吗?

第四天,我决定卖笑。
呵呵哈哈嘻嘻嘿嘿,当然
嘻嘻的价高,因为太难了。
那个跳上窗口来抢购嘻嘻的恋人
撞碎了门牙,还合不拢嘴。

第五天,我想心跳一定卖得更好。
但四周机关枪突突,鼓声咚咚,
如此地痛,如此地畅销。
心跳终究敌不过,应声倒地。

第六天,我偷偷卖起欲望来。
潮红、激喘、勃起,一件不留。
买的和卖的都累垮了。

最后一天,我只有无梦的睡眠可以卖。
但我一示范就睡着了。此后我一无所知。

愤怒鸟主义

不舍身很难，鹌鹑在美景中
令人心碎，也能聊博一笑。
　　　　　　愤怒没理由。

天气好就打仗，乌鸦掉落
就变一场病。比起子弹
微笑总是更像合谋。
　　　　　　死也要叫春。

换一种喜鹊惊弓还是鸟样。
丢三落四之后，乱枪
近乎乱伦，揍出更多敌人。
　　　　　　羽毛美得无用。

奋勇始于欢乐，逗弄鹦鹉
便横眉怒目，洒一地冤魂。
　　　　　　却是满肚虚无。

极乐鸟主义

琴键扑飞,抛向天空的鸟群
一边叫春一边咬太阳玩。

在漫天的音乐里,它们
尿出奇痒的果汁,吱吱叫:

"当欢喜树上结满了童年,
而翅膀撒出珍珠火山……"

刺骨到极点,便从狂喜
跳往更高的地狱,惊骇于

乱箭齐发。目标失去了
它们急坠到毛孔深处,

翻卷着指尖,击中要害。
一瞬穿越千古,而黎明

依旧高悬。

世俗主义者的平安夜

他把浮肿世界系在一绺松针上,
称之为迷你熊。棉花胡子沉默
比雪橇来来回回有更充裕的罗曼史。

情急之下,末日也会笑出声来,
给装睡的他一些乐观。
平常,他远远看去不像是吃了秤砣的天使。
涂墨的马粪纸,也很难叠成翅膀。

假如要一跃而过,鹿蹄上的铃铛
会惊动睡莲吗?唱出来的亮晶晶
点燃了干煎的苦森林。

那就让礼盒里的胖子
再胖一点。他继续勒紧肚脐。
而丝带另一端绑住的
是长线下吐泡泡的木鱼。

假春天主义歌谣

街上绿得发慌,邮车
送来坏消息就走。
暖风里有无限懒意,
养肥了我们的好胃口。

满眼滑溜溜的云,
告诉我们天是容易逃走的。
楼顶全都被鸟喊尖
还刺不破季节的谎言。

阴雨甜腻了太久,
连闺蜜们也荡漾起来,
一边晕车,一边唱高音。

激情处,张开就是艳丽。
但她们吹出的不是花粉,
是过期的美白霜。

后律诗：唯名主义者沙弥尼

欢喜到冰点，如雪藏起一粒沙。
她的沙哑绽放出妖冶花。

喝沙漠影子会太苦，
沙发上缠绵，却沾一身狐步舞。

闻到宇宙沙龙的酸味，
她嚼梦的沙沙声里新月如醉。

幸福沙拉在蝴蝶禅里发狂，
她便是漂亮的女沙皇。

后野狼主义研讨会花絮

(一群山羊在会场咳嗽,喉咙里的狼跳到
　　　　　　　　　讲台上。)

(驯狼师绕着椅子挥鞭,足迹从另一个星球
　　　　　　　　　开花)

(一个御厨寻找新鲜狼蛋。他煮出子弹碎壳粥,
　　　　　　　　　却嚼不烂)

(狼学家用蜡笔勾勒月亮的耳垂,狼孩苏醒了,用鞋带绑住
　　　　　　　　　一条河)

(而狼外婆捧出一锅狼奶,热得不伦不类,美得
　　　　　　　　　香喷喷)

(东郭先生数着肉刺喃喃自语:"狼牙旗真威武,让它
　　　　　　　　　迎风招摇!")

(泥土像海一样涌来,淹没了动物园。园长打完饱嗝就蹲到狼尾下。

  幕急落)

后团拜主义

我给狂风抱拳,把世界整得
一团和气。掌声憨笑起来,
叫我怪叔叔。
　　　　　　门在练憋气。

一阵点心后,嘴垮了。
南音好话连篇,赛鲜花,
果香缭绕起神迹,仿佛
我是灶王爷。
　　　　　　阳光也湿嗒嗒。

撕掉黄历,良辰全是新的。
白日梦是好朋友,积攒了
千堆灰心。
　　　　　　一股脑撒光。

点一炷蝴蝶春,让暖意
弥漫在窒息中。
　　　　　　牡丹吐一地。

正午黑暗主义

一种想法就让人害怕。
一次静默,被钟声敲裂。

活见鬼之后,跳宫廷舞,
用影子喂影子,消失了自己。

一个高音唱破了胆,
夺过眩目,涂抹旧伤口。

身体点着了火,爆竹声劈啪。
悄悄问:你摸不到阳光的锋刃?

一割喉,眼前就亮起来。
但麦子看不见,依然尖叫不止。

怀疑主义者笔记

雨缺了花还是雨吗,或者
眼睛漏了风景还能看多远?
把疑问藏进袖子,比起
从信封里掏出来历不明的水果更危险吗?

一个身怀绝境的人,有几种筋斗可以试练?
谁又能把狼烟吐到思想的高度?
踢给山的球,怎么才能被水抛回来?

走到高处,如何给死者以绝色的美?
而艳丽姐是否另有其人?

谁能从细雨里听到哭声
谁就会记得,断弦如何抱住跫音。
在年龄上,天真都是困倦的吗?
假如等不到结束,太极拳都会变成裸奔吗?

用暴牙暗指明天的人,每一次微笑

都望穿秋水吗？私藏酒窝的人
是否能把时间灌倒，让鬼魂回头呢？

辩证怪物主义者轶事

爬在蛋壳外,不免想起
蛋壳里的那些琐事。比如,
给看门人喂糖,一边暗地里
给他们身上的跳蚤起绰号。

蛋已经碎了很久了,怎么还会
有看门人呢?要不你也试试
把蛋白搅成巨浪滔天,
可又有谁理会呢?呸!

总以为有一层膜可以舔破
到头来,刮伤的反倒是自己的舌头。
不信吗?那你还不如躲在蛋黄里
继续修理睁不开的眼睛。

山水诗主义

我们咬着世界的灰,就
数不清满嘴狂风,也忘了
怎样才能吹破一脸大海。
在变幻的季节下,只有盐
是过剩的,给晴天一点安慰:
他们说,多出来的滋味总能令人颤抖。
于是我们写下许多液体,以为
露水可以捏造天空,以为一只鸟
就摇落了森林。他们说
看见阴影是一种美德。
那么,最后一次厌烦也没有多少骚味。
只要我们继续举着拳头,
就会有狐狸红渐渐飘来,仿佛
那是一种未来,比疼痛史
更迫切的未来,几乎赶上了节日……

我们咬着世界的骨头,把骨髓
留给万里鱼腥。他们会惊艳吗,

他们会穿上铃铛恸哭吗?
一瞬间,羽毛飞满整个日落火场。
我们逃出一个圆,跌进输光的棋盘。
过隧道的时候,我们就是这样尖叫的,
仿佛快感的神迹刺穿了宇宙。
好了,侠客坐着马尾辫飞走了,
那我们也赶快骑上乌云,沿雷电
吞叶蛇鞭,剥太阳的皮,他们说
这就弄坏了色相。也许是对的,
在阳光里走完夜路会让人恐惧,
那么,我们远离了遥远,
便滑翔在自己的口哨上……

课间操主义

伸腿、弯腰、打嗝。用一分钟
唱完一辈子国歌。

手指削薄了空气中划出的苹果
掌心像枯叶,迎风战栗
好像捧出了岁月的种子
不给老师看,留着做无名英雄

想到兵器与炊具,心不在焉的旗帜
正面是死囚,反面是活口
音乐戛然而止,人人都蔫了下去

瘦成烈士的唇枪舌剑,牺牲在
几代人的拳脚下,跟随明天长成影子

等到孩子长大,才记起来几十年前的错:
每次课间操都忘了重系鞋带。

莫扎特主义

我还坐在那里，钢窗前，
一阵阳光扑面而来
把我裹成一颗松香。

蝉声发烫，为我穿新衣。
操场上，广播停下，
我画了一只青橄榄，
没有收信人地址。

身背青草的学姐来了，
把梦中松鼠塞进我短裤。
在一个云朵像羽毛的日子，
我飞上花园的枝头，
咬住那颗够不到的苹果。

在打蜡的木地板上滑行，
我把南风抱成枕头。
漂过那些汹涌的季节，
音乐黝黑，流成少年血。

冷乒乓主义

好歹算个球。我抽完少年脸,
你就削坏人皮。我们
一身舞蹈拧成灰。

有如小月亮不听话,
忘掉琴键的黑,落进
托卡塔的叮咚。

叮咚输给了啪嗒,
像一粒药丸终于粉碎。
我不吞苦果谁吞。

而你以为圆的云不下雨。
天气打过来,一样像小丑。
何况谁的鼻子都能飞成梨花。

我们让爱情作假弹跳,
吐来吐去的就不只是秘密。
漫天的裸体只叫唤,不言语。

夜行船主义

看不见灯火阑珊,
那是远方太远。假如
眼波太荡漾,又会
赶不上下一轮笙歌。

咿呀一声月亮叫下来,
秀色淹没了心情。
卷发让人透不过气,
大河有要命的小梨涡。

悠扬到尽头,挽一手
甜不辣,无奈已成往事。
多少鱼腥,多少吃吃笑,
含风飘回岸上的冷。

水胖胖流过,就像
没心肝的钟声。一露脸
就闻到暗潮醉人。
抹掉星空,就倒在甲板上。

点绛唇主义

你吹散的枫叶认不得时间,
那么,就只好叫她晚秋了。
不见血,雨还怎么下。
顺着脸颊摸一摸冷暖,
要给喜怒增加几分阴晴。
不只是树枝发出沙哑,
笑声一停,美貌更枯涩,
几乎忘了大雨是怎么瓢泼的。
记忆湿透时,连贝壳都吻遍,
只把珍珠关进水族箱。
嘴噘着就会蔓延开的。
红一下,还不够尝遍余生,
非要深水酒窝的硫磺味。
你炸开的脑袋更热烈,
那么,就让它逼真好了。

鱼奶中心主义及其他

你知道去哪里喝鱼奶吗?
假如天气好,可以把
天鹅绒襁褓铺到海面上。

你知道去哪里喝鱼奶吗?
浪花打湿了私处,别忘了
从青春痘里捞出果冻水母。

你知道要去哪里喝鱼奶吗?
到弦歌树荫下,蟹齿
为你的婚礼准备了泡沫云。

你知道要去哪里喝鱼奶吗?
脸上,沙砾记下了星宿,
谁也接不住夜空丢出的雪白。

后怀旧主义

"你的脚插到另一朵云上去了,"她说。

我一惊,连忙抽身回到原来的机舱里。
在飞的时候,开小差是免不了的,
但谁又能发誓,到达的必定是出发地?
用大好山水抹一把脸,就醒了。

我看到的往往不记得,记得的往往看不见。
生活就是影子,以为风可以吹走的,
只是眼里的沙尘。(不是已经洗过了吗?)
本来也不脏,假如……

假如世界本身够邋遢的话,一串念珠似的花
也数不干净。但可以插在耳朵里,
当情歌听。当然,是另一只耳朵。

"我们的头枕在同一片花瓣上,"我说。

伪小夜曲主义

你终于答应成全我和月亮的好事了,但条件是
我得吐出昨晚的星星。这让我非常为难:
因为月亮并不比搂在一起的星星更懂得体贴。

我们就这样僵持了许久。直到后来,
笛声也来凑热闹,吹出一屁股的东风。
但笛声里肯定漏了更有深意的叹息,
只管把哼哼撒在夜空中,就倒头呼呼了。

我站到悬崖上去张望:看不到更多的秘密愿景。
包在糖纸里的酒窝也慢慢严肃起来。
究竟是你的仁慈香,还是我的哈欠甜?

总之我们都迷糊了,因为春天也梦呓不止。
你好心地摘掉胡子,才像个漂亮老师,
用皱巴巴的手指去捏我掉下来的痘痘。
我困了吗?可月亮也还没穿上睡裙呢。

软钉子主义

刺到肉里的,未必是爱情。
从心灵的窗户眺望到的,
也可能铺满灰尘。

对一只鞋底的蟑螂发呆
只能解释为
意外发生得太晚。

而光着脚走路,啊,脚尖的
夜曲,在冰凉的月色下
戛然而止。

老照片主义

我的鲜格格救不了你的亮晃晃，
一骨碌，花朵顺阳光爬到毕业。
脸色晒出霉味后，丢三落四，
旧情书折成纸飞机也颠扑不灭。

我看天气似笑非笑，云上
也长出万般粉刺，假装初恋。
塔尖比下巴傲慢，够不着舌吻。

邻座飘远了。沿一阵西风踩遍
长发甩尾，追到胆囊羞涩。
我跳进没有自己的酒窝找妹妹，
在浓情里发呆，尝不到蜜意。

却是密语封住桃花眼波，
一夜罗曼抄成英语的蛇信。
胭脂化开，满脸都是红唇。

不冒太空气泡主义

月亮肯定不是上帝吹出的气泡,不然
它早就噗的一声没了。
但有些气泡长在宇宙的胃里,
打不出嗝,就变成我们一生的酸气球。

气泡会比汽艇飘得更高吗?
还是像炮弹沉到在历史的海底,
虽然独享过浪花的一夜激情,
却也无法怒放出晚霞的幸福嘴脸。

换句话说,地球是不是人类的气泡
就成了疑案。只要你不使劲吹,
气泡也可能是钢铁蛋。当然,
不是噗的一声,而是铛的一拳。

后投毒主义

在草场上,有一朵云叫呕吐。
但这还不是最美的。
养分,像涟漪淹过头顶——
有一场雨叫乳汁中长大的卵石。

而涟漪下面,美人鱼一哭便偷腥了
水里的糖。咦?听见了?就算是
牡蛎替她们吹几声口哨——
珍珠的精致,也不下于阴谋。

来吧,让昆明湖倒在鸩酒下。
母牛在岸边眼圈发黑地散步,
美丽得忘了熊猫是假的——
吞下断肠草,她就能长成剑齿虎。

后袭警主义

嚼了骨头,呛了血,拍拍手。
回头看,一次被禁的游戏,
从指尖上点燃了偷欢。

火,不涂鸦,只留下烧完的乌云。
想飞的自行车竟呢喃了直升机,
难怪星星也要泼湿一座楼!

拼不成的故事,不拼完也罢;
洗不白的血也不打算洗。
赢回来的硬,抵不过输掉的软。

那就沿着痛往上,往上。真高啊,
胆子不小,这样爬闪电般的绞架——
等够到了云,喷泉就碎落一地!

后鞋袭主义

为了不对称的美,他用右鞋献上了花朵。
看岔了,西半球本不是绣球,
而灿烂的招牌也常常亮出烂招。

假如鲜花盛开了一堆闲话,那为什么会说
咿咿呀呀,温暖还比不过瘟疫?
假如这一场真是世界杯,那为什么
臭脚丫还赛不过丑小鸭的蹒跚?

当然,有太多的臭球等我们去捡,
他从梦里甩出的恰好是巴格达飞来的——
穿越英文的喜感,抵达中文的庄严。

这真是美好的日子:一颗彗星
从耳边呼啸而过,如百年难遇的潮吹。

后和谐主义哀歌

多少年了,你兴奋起来真的像冲刺的铁刀——
你踩着每个红血球飞奔,撞碎自己。
你用丝绸花瓣切割肢体,梦见
开往仲夏夜的列车,悄然驶向虚无……

多少年了,你必须允诺:让剧痛甜起来——
你被碾压的头颅又会重新长成新鲜人参果。
肉已经撕扯好,钉子已经扎进泥土,
刀锋便展翅飞起,像披着婚纱的新娘……

多少年了,你把自己拧成一具制服笔挺的僵尸——
鬼魂的越野赛却从来不会停息。
正午的灼热里,你被一个慈祥的谎言击中,
死后你仍然跪下,以为刀刃学会了怜悯……

多少年了,你必须微笑,哪怕舌头早已咬断——
你的脸沿着希望飞翔,沿着那条轨道赴死,
扑向一个又一个光辉跃进的年代,
直到痛醒的死者叫亮泥土上的刀,和刀上的血……

后耳顺主义

他听到的鼻血是痒的。风一吹
幡就立正了。只有星在蠢动。

他听到的手铐是轻盈的。有如
一枚银镯触到了酒宴上的水晶杯。

他听到嘶叫,听到无边的喘息
那是狂喜吗,是高潮吗,是濒死的鹰吗。

他听到花的绽放,他的牙碎了。
他听到海底的珊瑚,他的唾液冻住了。

他听到寂静,恐怖的寂静。
哪怕捂住耳朵,寂静也会穿透。

他听不到的,替他听到顺耳为止。
为了唯一的耳朵里唯一的声音。

让一只耳朵刀剑般闪亮,挺立。
让其余的耳朵排成一溜同花顺。

后葬礼主义

死者的双唇被缝起。
坟墓必须闭嘴。
把宇宙的深渊关进头颅。

死后,你仍然是囚徒。
你把腐烂消化在棺木里。
鼹鼠听到你咽下的笑。

死者不会惊恐。而蝉声
将比沉默更无望。你一转身
就会碰到被掩埋的月亮,

但狱卒们依旧排成长枪,
守候你失去的呼吸。
寂静是一把刀,藏在生者的舌下。

死者被再死一次。葬礼被埋葬。
等大地醒来时,只有死者站起。

后拳头主义

把一座岛捏在拳头里
说不准扔向哪里。
拳头是长在手上的鸟。

惊弓,顺便也惊世
拳头笑起来,吓坏了宠物狗。
天气好得暗藏暴风雨。

全身喇叭开花,唱清香,
拳头鼓咚咚,迎来新节日。
并肩躺到晴天的怀抱。

披挂了鲜艳,简直
认不出旧爱新欢。
脸谱换了好几个朝代,
依然只说自己最美。

那么,借一顿别人的拳头,

才能趁热捶打镜中的胸膛。

拳头飞起,不知所终:
本世纪一具性感幽浮。

黑金刚主义

挣开,眼前一阵发黑,
上了膛的子弹暗藏迷恋。
躲在壳里时,他们
不过是一队隐士,
推揉寂寞,为了更寂寞。

有时,大眼瞪小眼才能
忍住满腔怨恨。
顽固是什么?以不动
抵御动,咬紧不坏身。

他们害怕昼夜。因为
就算转成球状,
也免不了会被劈成两半。
不牵手,为感伤的世界
演一场酷毙的哑剧。

万花筒主义

用万花筒望月,不免会担心
桂花飘进张大的嘴里。
再怎么看,都不是月亮。
难道,是在鼻尖上
戴了一朵硕大的牡丹?

从万花筒里捞月,能抓到
一束玫瑰,算是运气好。
有没有人想知道,为什么
玫瑰变成风车的时候,
蘑菇云会从喉咙里升起?
晃啊晃的,一切失色
都从眩晕里亮出了景色。

对着万花筒吹气,会不会
吹出一群缤纷的气球?
既然每一瞬间都是节日,
再怎么吹,也只能弄来一朵
不成器的,乱糟糟的云。

无影腿主义

月光下,一只蟑螂消失了。
擦地而过的喘息之后,
断头鬼也来凑热闹。
一片白骨里,噼啪声
几乎听不见,只剩
秋风苍老,低语
没人听懂的秘密:
"迟早会回来的。"
月色闪烁,有如剑影
瞬间掠过眼角,
来不及眨眼,就
落满一地发丝,回头看
树叶,摇曳冷舌头。
一尾青蛇隐没在草丛。
大地也是一片飞毯,
说不见就不见。
我一个人跑进了远方。

哈哈镜主义

挤出来后，我忘了
怎么才能比自己更矮。
连星星都白矮成高尔夫球，
还有什么是不能紧缩的。
连时间都能折腰，
我又怎么好意思抱怨
生活的扁担太重呢。
如果矮不起来，至少
胖是容易的——无非是
面对苍穹，谛听一阵阵
凹处的风声吹鼓皮囊。
其实，这没什么难懂的。
我只要站到玄机前，
一切拧巴都婀娜得要命。
而每一颗歪瓜劣枣，
也都绽放出夺目的笑脸。

豆豆糖主义

　　　　他们笑容甜腻，
嘟起七彩斑斓的双唇，
像春天枝头上的花骨朵。
风一吹，都飞成小行星，
有些转得快，有些一直发呆。
暴雨缤纷，从加州下到白宫，
政治比天气更花言巧语。
老学生也脱掉乳牙，戴上梦想、
首饰和子弹，过得美滋滋。
咂吧一下，未来就洞开了。但
满嘴的镁光灯，没有一盏
照亮蛀虫的味蕾。

抖包袱主义

我抖落满身灰尘,你就笑:
这才知道自己其实很旧了。
包袱打开,空衫不见情人,
还没耳语就痒得刺骨。

你挠腮,我在远处放声唱,
绝配的友谊咳出北风。
天空是什么?抬头,哈欠,
脱口秀溜出胡同,蒜味儿呛鼻。

新泽西的美眉会比毛家菜辣?
牡丹亭开出玫瑰花,
辣,只是另一种尖刺的美。

包袱里裹着两个帝国,而花园
只剩半个。挖土机轰鸣——
就那么一下,泥巴酸透了心。

辑三 指南录

后事指南

我刚死的时候,他们
都怪我走得太匆忙。

其实,我也是第一次死,
忘了带钱包和钥匙。
"一会儿就回来,"
我随手关上嘴巴,熄掉
喉咙深处的阳光。

我想下次还可以死得再好看些。
至少,要记得在梦里
洗干净全身的毛刺。

后来,我有点唱不出声。
我突然想醒过来,但
他们觉得我还是死了的好,
就点了些火,庆祝我的沉默。

大爆炸指南

宇宙在哪呢？宇宙不见了。
刚才我还在口袋里摸到它。

宇宙有时候不乖，就捏在手心里。
我舍不得送人的宇宙。

让它无限膨胀，出洋相，这样
宇宙就更自以为了不起。

它笑了，宇宙它居然笑了。
这是一个什么世界啊。

我闭上眼睛，宇宙就笼罩我。
我一张嘴，宇宙会唱起来。

我恨它，就像恨我的影子。
天空暗下来，我开始怀念它。

宇宙真的不见了,是掉在了路上?

一回头,宇宙爆炸了。

末日指南

像世界含在上帝嘴里,
一颗糖融成甜。
你也是我的滋味,
是虚无的礼物。

暗下去之后,我
摸不到你。在一场
大火纷飞前,只有
良辰是不够的。

在游船上看炼狱
有美景。戴烟花
就吻成新公主。
如果烫舌头,也猜
爱情是泼辣的。

你睡在淫荡摇篮里,
我唱愚人曲。末日

霞光万道,你
从风景画上离去。
消失前,我吞下未来花。

深蓝少年指南

火烧的妖怪在黑夜碎步,
他把一枚月亮藏在鼻孔里。

满怀秀丽,弯腰,口吃,
他吹草茎里的鬼影玩。

从秋天抓憔悴,抠森林小鸟,
他掉进彩色深渊才醒来。

那只是虎啸云扑来的一瞬,
他在咒语上眩目,身段乱到底。

风声却高了半音,换错了惊悚,
他捡萤火虫吃,一脸含沙。

宾至如归指南

他抱着厨房说再见。

他一迈步,门外琴声如诉。

他登楼俯瞰客厅风景。

他挤在墙角数蜘蛛。

他爬到床头,拔不出康乃馨。

他浑身笑容贴满了纸币。

他嘀咕,美梦能否养活在鱼缸里。

他从镜子里瞥见身后的自己。

他把摇椅摆成屁股的形状。

他舔干净每一扇窗户,远望。

他散发浴缸的气味。

他躺进壶底试水温,把茶叶当睡莲。

他打开嘴,空无一人。

他为脸色挂到墙上而鼓掌。

他跳进晚餐表演辣度。

他囫囵吞下摘除的灯光。

他痛殴电视,直到车祸降临现场。

他用易拉罐托住天花板。

他说这就是视死如归。

购屋指南

你不能两次踏进同一条门槛。

有风景端出早餐,让你
急于到阳台练习跳楼。

你吐出北风,坐棉花云,
你一路绕到禁闭室。

在家具森林里狩猎,只有你
抚摸衣衫起伏,床笫冷暖。

你面壁,思索绝境之美,
你给玄关一次奇幻感。

空气是一张蓝图,你可以
看见一个虚心的未来。

你打起喷嚏测噪音。

你拆下腰围丈量面积。

戴上彩灯,你就扮成
萤火虫点燃狂欢新郎。

你扛起四楼就奔向远方。

以及婚礼观赏指南

没有人说过可以从提款机里拉到新娘的裙摆——
而银行只是一颗星星:硬币的光亮来自无限远

发情的主任,五金行董事长,槟榔铺老总
一起爬到顶秃的高层,抛下越来越多的蛇皮纸牌

从深喉里抠出红绸舞的魔法师一边绑住自己
一边勒断所有欢呼的脖子。他们咳嗽,但已如花

后来,她用哭声淹没了自己,星期五如海深
这和片尾的景色巧合,喜酒堆成了洪水……

冻蒜指南 *

冷到呛鼻,你就赢定了。
锣鼓送走明天的好消息。

齐声惊叹时,你的心
越搓越凉,几乎飞成流星。

但烫手的不只是希望,
剥掉白云,天就会辣出眼泪。

一个笑容僵硬了才能感人,
欢乐无边,塞进冰窟窿。

真的冷吗?倒出来就是春天,
假花搭好了脑袋和风景。

走下看板,你有如晴空含泪,
喷薄出万里锈迹斑斓。

---

* 冻蒜:台湾选举用语,闽南语"当选"的意思。

踹供指南*

踢出去的嘴,藏不住暗恋。
他羞于把私处摊到阳光下。

他还有暴风要走,踩空后
才会蹦出隐身的妖怪。

影子在花拳绣腿中倒下,
他忽青忽紫,无关痛痒。

这几乎是苦瓜脸的季节,
他用乌云打哈哈,一身抹灰。

他蹲在三岔口,假装看不见。
椅子扑倒时,诡计一目了然。

迷失了六七脚,被歧路缠住了
满口伶俐,死也招供。

---

* 踹供:台湾时政用语,意为"出来讲"(闽南语谐音)。

交通指南

整条街沸腾,玩具车滚成泡沫。
举步维艰,烫手丢不开。
沿黑味望断天涯,远方
有战国纷乱,火拼金属狗。

彩云噎住黄昏,落日
不敢笑出声。号角响起
给肚里的未来一堆乱念头。

片片斑斓在地图上蠕动。
狂欢了五湖四海,
好让笛声剁得更碎。

是谁绑住千山万水?
晴天打不出嗝,只悬在花腔上。
人类多像是蚁类,慢起来
就无奈成时间测量员。

雨季指南

你冒雨前行,湿透的脸
骚气氤氲。车灯
闪过泪花来,好像
灯笼上挂着妖精。

你哼外星曲调,把假声
滴到天空深处。
像一场营养淋遍全城,
行人纷纷发芽。

你热到不行,雨
冷到极点。雨撒出棉花糖、
彩带、眼珠、杀虫剂,
世界淅沥得已入化境。

你摘掉身上的蘑菇,
把雨声听成英文。
当天空也呼啸而过,
你冒雨前行,面如灰烬。

诗作丢弃指南

在每一首诗的中央有一首丢失的诗：
一首杰作的胃饿了，诗排泄出去，
成了大地的肥，在抒情的虚空里，
嘴张开，但听不见呻吟，只有嘴形
为了曾经的诗意，余味早已消化，
从宇宙烟云里呼出的蜜蜂，
转瞬即逝，只在花朵里照见倒影，
一次甜在痛时才能重新记起
一支嗡嗡的歌，如花粉飘散在
另一阵花粉的晴天，记忆消逝
只有词语坚持在气味里，
用闻到的替代已经说出的，
飞鸟停歇，影子依旧在飞翔——
有如每一个秋天的中央，
藏着一个撤空的、汗津津的夏天。

明星教育指南

他捧出一张明星脸,问
换成了这样怎么办?

拿来剪刀,把明星脸再削薄些,
我扯下夜幕,让他飘上天。

果然,脸如风筝腾空,
俯瞰,大地是一片蜂拥的鬼。

表情写意了欣喜,月亮
也偷笑起来,抹一把洗不干净。

怎么连一丝云的声音也没有。
坠落,有一种被吻到的错觉。

讪讪飞来时,我把他挂上树梢,
好像脸上涂满了巧克力。

太暗了,也找不到蝙蝠侠了。
给我一脸他的惊险。

莫言获奖指南

你把眼睛眯成歇后语,
我猜出了其中的老花。
但对于高粱来说,
鼻子还红得不够灿烂。

对怀孕的太阳来说,
全身的额头也都嫌不够烫。
一场大病蔓延到欧洲,
真的能烧完骨髓里的青蛙?

你拍拍鱼的肩,用称兄道弟的酒
灌倒了龙王庙。在幻觉深处,
鲁迅如胃液般汹涌,
咬破了福克纳的舌头。

秋日指南

掰着指头拧弯十月。
数到一年的任何一节,
都可以重新开始
此刻胸有成竹的丰收,
在铜锣声里迎来
比如,打开大门的双乳,
和披头散发的敞篷车,
吐出金黄,如山林托起
一片虚空的橙林,
连摇落满地的酸甜,
也绕不过最高的那朵云!

勒索指南

顺着猎枪,你找到了猎人。
你逃进他的口袋里。
在枪声黏牙的时候,
你突然咳嗽了,你
咳出咬不住的秘密:
宁可被击倒,你也不愿
在一个甜美的日子里变成子弹。
你抓住猎人的袖子,
喊出了沉默,却无人回应,
你必须成为猎物,
成为香喷喷的野味。

拔草指南

连根拔起坏思想之后,
山累得浑身湿透。
雷声惊醒了土地公,
说我下手太痛。
二十几年功名,
尘土也从头发里扯出。
再用力,脸就撕破了,
连星空都怕拼不回来。
但站在巨石上,
仿佛站到了世界之巅,
俯视光秃秃的人生。

校园参观指南

鸟瞰的视野里有每只毛毛虫。
连槟榔也是假的,叶子摘下,
长得像极了扎绿辫的鹦鹉。

从教室里飘出华侨鬼魂,
一会儿咧嘴蹩脚的格言,
一会儿龇牙纯金。

沿荒凉跑道一下就没影了。
云晒干后,终于铺上万仞山,
踩下去,遍地咳嗽。

女老师笑成牡丹才停步,
但鬼魂不停,用手语打太极,
从拿破仑绕回风火轮。

挂在墙上,箴言隔夜就更腥,
连樱桃小嘴也闭不拢了,
张开深渊,等候接班人。

焦虑指南

本来,另一堵墙拦不住影子。
但最终还是空气拒绝放行。
空气怎么都说不通,
心想:"我又不是风。"
风真来时,你止不住笑,
但挠到痒处的,其实是
匆忙点燃的夏天。
这世上,没一两个夏天,
什么事都办不成。
可以想象,空气无奈地摇头,
感慨:"风就是风啊。"
好在热浪不那么固执,
眼泪也足以证明你能
桑拿得像雨中的马一样快活。

谒陵指南

爬到最高,去看地下的精神。
似甲虫,也可能啥都不是,
一驮百年,嘴上满是兴亡。
哀叹得太久,喘成谜,
紫气难掩杀气。

要绕多远,才进入黑暗?
墓穴里,鲜花开,
给你我的无知加油。
但油然而生,毕竟容易,
冷风土皇帝。

下到底,迎来欢笑刺骨。
望云端,夕阳有惭愧,
给蓝帽子一头血色。
几代江山叠进四方口袋里,
藏好馊主意。

神农山防火指南

我来晚了。财祖没认出我,
门槛也高得只喊得出沉默。

山还是那山,等越过山腰
我的李商隐就会叹息无限好。

猕猴们点头,看懂了我的顽皮,
百草的苦涩换一嘴甜蜜。

吞下香肠,猴屁股变更红,
简直要烧起山坡上的龙鳞松。

铁索将我们一把提到嗓子眼,
热得连窗都化了,恰好风月无边。

那就再往上,受不了更多陡峭,
心越高越旺,刚够到玉皇庙。

跳下神坛,才洒出满腔热水。
正午的太阳下。菩萨放光辉。

自行引爆指南

扯住这个国家的命根子,
来那么一下。揪心到死才问:
掀掉天空,能露出多少狰狞?
或者,还有哪些肢体可以放飞?
比起挠痒,火药的脾气更扎眼些。
只可惜,该死的没死。
拨开硝烟,几乎没有什么花更呛人,
除了挤出血管的梦,
就不再有醒来的景色。
再扯,就干脆扯乱红旗和东风,
在雾霾里使劲闻,这股焦啊,
像北方,一窝蜂烧完,
才轮到南方的心肝——
一旦熏熟,也能天昏地暗。
而一指禅早让厨子剁没了。
剩下擦不干净的无影腿,
踢寂寞,直到把自己踢成虚线,
扯断一腔山河的腐烂器官。

赝品指南

只要愿意,你就是商朝的鬼。
错不了。难道你没听说:
国家已经蹲成了鼎。

第三只脚,绝不是借来的尾巴。
换双假眼,你就一定能看清。

接着,你摸到了历史的私处。
当然,那是金属的。
生了锈,更像是古玩。

一旦软下来,就会飘老去的雪。
盖在一整年的愚人节上,
扮演鸡血石和熊猫眼。

你忘了自己也是标本,
直到你的骨头袅娜成饿。

直到你用影子搭出另一个朝代,
但皇帝说:朕的发条断了。

未来追忆指南

那时候,我还活着,也还没
烧掉滚滚浓烟的胡须,
我自比狮子,走在钢索上。

直到有一天,我从梦中坠下,
风吹远了我的双耳——
谁都看成是蝴蝶扑飞,
幸运的是,那不是死后的爱。

比乌云更重的我,果然
飘不起来,也抓不住
风的任何一对翅膀。

那时候,雨下个不停,
我还年轻,山上树也都还绿着,
我以为我真的很有力气,
但我举不起曾经的时间。

愚人节指南

你以为躲不过的刀会闪亮起来。要么,
它们就是假的。比如正午的太阳
至今还不曾哭红过眼。

戴上眼镜,太阳只不过更像今天的绯闻。
说再多,阳光也比不上一阵玩具枪响
更撩人。但毕竟,底牌已经亮出:

炫目的一瞬间,你以为南方炸开了,
而那不过是一场猎杀演习,一开火
便有数不清的嘴在歌唱。

那些猎人也是假的?季节很鲜美,
但饕餮们错过了。不用等待尖叫,
野味已经上桌,吃的和被吃的都不眨眼。

旧社会指南

我去旧社会,其实是为了
找个军阀喝杯酒。假如时间宽裕,
就顺便买场饥荒来瘦瘦身。

当然,最好参观下满目疮痍,
在恶霸横行时揭竿而起
也会是一次不错的历险。

我去旧社会,还有
骗女繁体字谈个恋爱的小心思。
要不,穿件破马褂,
拍一拍末代的雕花女栏杆?

这一去,我就很难回来了。
因为旧社会太旧,
是价值连城的真古董。但一转身,
不过就是旧社会的山寨版。

乾坤腾挪指南

告诉我,风景怎么才能
揉成面团。要不你拧给我看:
这片软绵绵的天。
昨天,它欠了我一屁股雨水,
又有谁能擦干,告诉我。

夕阳为谁丢破了鸡蛋,告诉我。
或许,天使从来不曾在
哭泣时碰碎过彩虹。
伸出手,怎么也够不到夜——
幸运的是,夜准时会来。

告诉我,要把哪次盛夏吹出雪。
你拎起自己的脚底,抛撒
惊恐的呼喊。打开门就是
梦的终点。但你的泳姿
能覆盖多少海水,告诉我。

去留指南

总有一根绳索像视线
拴住你鼻子的风筝。
春花,散发香气时,
你还荡在宇宙的秋千上,
等待雨后的好消息。
但黄昏眨眼就过去了
接下来,什么都是黑的,
连钩子都看不见,
更何谈嗅觉的彻悟。
按理说,你不在乎
飘啊飘的,可一旦抛在
天边,就怕星星也只能
闭上眼假装熟睡,
不管萤火虫怎样喘吁吁
捱过自娱的节日。
黑得太久,你也就忘了
要去哪里,甚至不记得
自己本是彩虹的伴侣。

再俯瞰一次,你
终于像乌云探出舌头,
测量旅行的真假,
但幻想已经太湿了,
承受不住更久的等候,
要不,就这样静静降落,
反正悬崖总是比温柔乡
更空寂,更不知深浅,
从未错过一次回头,
也不会将绝望的一跃
误认作炫技的筋斗。

淘金指南

比起黄色来,它确实
重了些。这并不出乎意料。
可是,连梦里的竹竿也能
叠出些塔来,就有些过分了。
无论如何,趣味有多实在,
工序就有多繁琐——
我的耐心细成了沙子,心情
烂成了淤泥,但巧手
从火星学来的淬炼法,
溅出漫天流萤,漂亮得
认不出曾经是土脸。
不过,一打扮真不寻常:
我才知道什么叫水灵。
但海根本是另一回事了——
只是假装有黄金,显出
很富贵的样子,仿佛世界
藏在一片金箔下面发呆,
度过了几千年。翻开一张

有黄斑的书页，只有
鱼的切齿依稀难辨，但
一切爱恨都能悬挂在
未来的耳垂？所有真理
都上了无名指的历史圈套？
好吧，继续搅，直到
粪的颜色也辉煌起来，
杂碎都变硬，像条汉子，
灿烂地蹲成一团，迎接
夕阳汗津津的抚摸。

星光值指南

你一笑就漂亮得像金币。
在卧室的花丛间,你左手
遮着小肚子,右手握住
粗壮的麦克风。你的
嗲声音跟王菲此起彼伏,
恨不得把腰围像绳套一样
甩给全宇宙的窥视者。
你指着苍穹,催他们
用火箭多发射几颗星星。
你自己啃起刚出炉的烤兔:
油色可鉴,但照不出骨头,
只能把胸肉热腾腾地
贴到嗷嗷待哺的狼牙上。
你戴上兔耳,跳一段
百老汇康康舞,劈出
彩虹般绣腿,一举扫荡了
前排形形色色的老花镜。
就算把红晕掺在假干邑里,

也不会让酒窝随便暴露
虎头蜂的艳姿。难怪
你挤一次眉,银河就
绷紧一次古老的心脏。
银河最担心的就是
像你这样忽明忽暗的,
假扮成织女,扑向
猎户的森林,舞动巧舌
低语:"么么哒。"

洗肺指南

掏心掏肺的，又何苦？
搓完后，还有多少氧气
留在山河的胸臆？

洗掉的尘土，可曾
飞扬在汉唐的马蹄下？

悬崖要喊出多少次惊恐，
海才会听见山崩？

咳出来的真相，比起
吸进肺里的噩耗，
哪一个更令人绝望？

暗物质指南

抓起影子时,我忘了
它有刺。掉在地上,
碎片溅到月亮的脸。

在所有的伤员里,
黑夜是最有承受力的。
月亮抹了一抹下巴,
转身躲猫猫去了。

夜空也不把唾沫星子
洒到慌乱的大地。
我从碎影里捞出
更多空无一物的往事,
拌在烟丝里,烧成
比遗忘更冷的灰烬。

嘌呤指南

究竟从哪里飘起,这些
凌乱的嘧啶和咪唑?
分不清粉还是灰,飞露
从不着调,像是没头苍蝇,
冒出的都成了印式苦啤
泡沫,就是这样渗出
玻璃体,为了朦胧美,
为了呛鼻的化学,
我们必须跟豆腐渣一起
拼搭快乐。我们必须
解开天涯海角,让周身的
元素洒出唾沫星子,
好像鱼虾在沙滩上扑腾,
这一切,都无关痛痒。

撬锁指南

喊不出芝麻,就捻一根松针。
(寝宫里从来没有憔悴的妃子。)
青翠,但不够闪亮。瞬间的折断
可以抻长为三小时的柔韧。
(保险柜里不见沉甸甸的黄金。)
如何打开一扇冷淡的门,
这是一个难题。甚至
烛火已在月落前熄灭。
(炉膛里没剩烧红的煤。)
差点忘了,凶器藏在骨头里。
只要拼命刺,绣花的
剑术还能划出新的风景——
浆果绽开一片白茫茫的雪。
(笼子里不是受伤的猫头鹰。)

软机器指南

"把膝盖转得再快一点!"
一路上,她总是在催:
仿佛腿是摩托车轮子。

"干脆把胫骨拉成橡皮筋,
让奔跑弹飞出去!"
速度本来就是虚空,
在她看来,可以绕进
弯曲的时间里,等待
银河系从胯下冲泻出来。

"那么,与其骑在牛皮糖上,
还不如沿着河边蛇行,
寻找海的出口!"难道
海没有汹涌的终点?
巨浪从来不冲刷头颅?

"海是世界的舌头!"

她扔下鼻环和牙套，
扑向瀑布的悬崖。
在水雾里，只见
小蛮腰在飞旋，升腾，
犹如卷云的炫技：
喷气机嘟起嘴吹破了
夕阳，吐进深渊。

朱自清欣赏指南

细看之下,池塘里没有水。
黑乎乎的淤泥,闻上去
有股薄荷巧克力的怪味。
一抒情,蛤蟆也暧昧起来,
睡熟的,假装躺着的,
都辗转得只配天知道。
学一点乌云的叹息吧。
等不到星星鼓掌,别急着
从鬼影里听出小提琴
的颤音,更不必从
枝叶间偷窥明月的丰乳。
饿了,想象莲藕的清香
会更饿。夜里出门
就是这样狼狈,也幸亏
没有剪径的骚狐狸。
朱自清先生,两袖西北风,
吹活了脑袋里的夜莺。
后来,他跌了一跤,
醒来时,就变成了闻一多。

呼吸指南

我戴着口罩,坐在电视前,
遥望屏幕上的蓝天。阳光下,
粉扑扑的孩童在唱:
"朝阳区的天是明亮的天!"
幸福的主持人抑扬顿挫,
朗诵晴天的喜讯。
突然,屏幕里伸出一只手,
摘掉了我的口罩。
微笑背后响起命令:
"你必须呼吸这纯净!"
我不知所措,一不留神
把鼻子也摘了下来,
递到主持人的话筒前。
"这烟雨苍茫的都城!"
从欢乐的韵脚里,
我闻到了新鲜的唇膏,
对灰蒙蒙的世界一无所知。

辑四　自修课

怀旧课

半夏露甜蜜如蜂，他咳痛
诸安浜街的下水。

红领巾擦嫩了搪瓷脸，
一亮相就撕开双眼皮。

假领开英雄花，发少年痒，
在粉刺上抹雪花膏。

的确良如鬼附身，他跳小人书，
棕绷床上外婆吹起咖啡云。

一滴鱼肝油就养肥了二胡。
裸身少年，爱上麦芽糖。

相片上含不住留兰香女孩，
他喷出炼乳，一阵浓焰。

电车甩兰花指,乌云拉手风琴,
他打开午餐肉罐头,满嘴桃色。

礼仪课

我歪坐在椅子上,像个问号,
他热爱的世界却不思考我。

他叫来警察杀人,也丢下脸皮,
我一屁股惊叹,迎风招展。

我关在声音里,成了哑巴,
他一边强暴火车一边吟诗。

他敞开长衫不再是雕像,
我在广场裸奔,一头鸽粪。

我死成一具标本,无名,
他穿上我的衣裳不像喜羊羊。

他吞下情人,高楼,稀土矿,
我沿笛声奔跑,跌进唐朝。

我从自来水里喝刀子,
他满眼微笑,冷到牙缝。

洗澡课

脱到一半,你还不能说
自己是所有人中间最干净的。

那能不能相信,光溜溜
才是存在的无耻本质呢?

镜子擦亮了,你不还是
长得像一堆皱巴巴的内衣吗。

你却用汗臭告诉我们,世界
只是一种可以洗掉的气味。

但还有骨头的每一寸灰尘,
始终蒙在心灵的幻影上。

还有肺腑里升腾的狼烟,
宣告你刚烧尽的勇气。

透过浓雾你必须看清楚
水平线在腰的哪一端。

洗内脏的时候你也要
小心断肠,更不能心碎。

那么灵魂呢,你打算
搓多久才让它自由奔逃。

假如你是自己揉不烂的面团,
把手放进别人身体试试呢。

天气课

    请把课本翻到雨天。

假如两阵雨加在一起,
你此刻的心情也不会更湿。

风用卷舌音带来北方的冷,
耳朵不懂的,就交给鼻子吧。

    请翻到雨天的背面。

晴天占了几页呢?阳光里
你数一下见不得人的星星。

在一个更刺骨的晴天,
你还是裹紧燥热的身体吧。

    现在可以翻到末日了。

你必须在雷声里接着等:
天空荡漾得反胃,呕吐。

美少女来了,嘴含落日。
美少女来了,身披末日。

   好了,可以把书收起来了。

命运课

你一生中会遇到的人,
将随便亲你。
还有,你要走的路
在为你呻吟。
有河流涌出嗓门。
你被那棵橡皮树缠绕。
咬不住的风,
用你的喘息来哄睡世界。
你将被缤纷淹没。

穿刺课

秒杀间,世界插进喉咙。
哦,从针眼里,你是否看见
另一个自己,

像小兔,才露尖尖乳,
嘴角拧弯了素颜。

哭成玫瑰呢,便迎接
每天的蜜蜂。寸寸软
哼出勒紧的叫喊。

只一滴水晶猝不及防。
正午,透明鬼诅咒:
绣花就是你的命运!

缝住,再缝住,比钉住
更饮恨。比掐断
更令人齿寒。全部

青春悬于一念。

在最后一丝冷笑中。

弯腰课

不知道在笑什么。世界
直不起腰来,没想到
风还会这么冲动。
吹起的尘暴,足以
让一切咳嗽无足轻重。
但弯腰的绝不止蒿草。
从远处望,山也弓着背,
凸出软,却忘了融化,
仿佛认不出云是姐妹。
那么,即使是牙缝里的雪
也不会因为痛而硬起来,
咬紧自己,意味着舌头
还能顶住强吻的雷电,
在断裂的诱惑下,假装
满地都是金灿灿的真理。

辑五　法镭及其他

寻人启事

法镭,男,原籍乌托邦,短发
无尾。柔情,会吹喇叭花。
一九八九年走失至今。
口音南辕北辙,穿一身迷茫,
喜唱反西皮。曾暗恋曼陀铃,
冷出一脸月色,自此
青葱不再。偶尔歪脖而登高
望远,惊恐时狂奔出窍。

法镭,身高如火,体重
如风。说是去太平洋
学抹香鲸豪饮。二十好几了,
或是年届半百,铁了心,
想一口喝下一碗宇宙。
但背包里只带了三五颗
恐龙蛋,又能填饱几次春夜?

法镭,有家族病史,酷爱

梦呓。满嘴飞机,满眼
巫山云。口头禅是"去!"
爱看时间粉碎,常扮成自己,
等山鬼索吻。好心人
有提供线索者,必有酬谢
半斤蜂鸣,二两水龙吟。

法镭在台湾

法镭醒来时,正疾步
穿行于忠孝东路。眼里
饱含两团莲雾。

刚钻出汉字的镜子,
想回头,法镭手脚糊涂:
他找不到归途。

问执政党:"今天
是星期五?""这盅
青白酒喝下去,别哭。"

九十五年,法镭在镜中迷路。
别说东风,连报纸都破了,
只好给他披上线装书。

法镭跌出镜面,扑向胡适墓。
听见风的耳语:"多谈点

主义,大家才觉得舒服。"

但,法镭急着找杨牧。
"有人,没人?这间屋
如何拼搭成一幅占星图?"

敲开门,哈哈镜把他抓住。
远望,连天的绿树,
低头,心中万千锣鼓。

被康熙甜掉了牙,法镭
从梳妆镜里追胭脂虎——
原来,总督府真的红扑扑。

唢呐里,范将军也轻佻起来,
游客们问他:"怎么去幸福?"
法镭一惊,见候选人琳琅满目。

面对面,脸上笑出凤梨酥:
"我的兄弟,我的同族!"

路遇小学老师

站在路中央,小学老师
拦住了一朵乌云。
细雨从法镭的脸上飘落。
老师笑着讲规矩:
请走到阳光的金丝边上。
法镭摘下乌云,鞠躬,
捧出胸中的蜂巢。
几十年前的老师,
依旧一样年轻,平庸——
好像白垩纪的羽毛
在未来城重新粉刷一遍。
女妖般的歌声从树上绕来,
老师一眼认出法镭,
拍手叫好,在影子外面
把灰尘拍得风生水起。
法镭想逃走,却被老师
抓回:要不,再叙叙旧?
老师拿出识字课本:

还记得岳飞是谁?
一个疯子擦身而过。法镭
踢走脚下的小石头,
让老师以为未来一片光明。
法镭向路的尽头望去,
分不清起点和终点,只见
远去的校车闪起了警灯。
他咳嗽,咳出一团白日梦。
老师满意地点头,遥指
疯子转弯的街角。
法镭又把白日梦吞下,
但始终没有说出:
记得……我每次都忘记。

眼镜店的法镭

法镭从两个窗口看世界：
右眼稍嫌干涩，左眼
几乎要开出向阳花。
虚情的镜框里，法镭
是迷你的，简直像是
远在太平洋彼岸。透过
更多的反光，法镭依旧
看不见干净的空气。
左边照耀微笑，闪到
右侧，便喷出怒火：
法镭眼神如风，吹亮的灯
滴落，奏出碎裂的音乐。
但，终于被视线交叉纠缠，
法镭摘下眼镜，用鼻尖
闻到了同一种雨季的酸味。

2015年7月1日7点59分60秒

瞧，法镭，心跳还没开始，
世界刷的就过去了。
刀锋才眨了一半，深渊
却闪出瞳仁。哦，
黎明太远了，怎么说呢，
从来也没有像现在那么谦虚，
让给东方一线希望，从门缝里
瞥见你惊恐的睡。
偷走了小夜曲，还回来一截
南柯梦。可惜太短了，
衣鱼还夹在书页间喘息：
它的扁平生命有多薄，时间
就有多脆，一不小心
就能折断。但，那假如是
牡蛎吐出的一丝舌头呢？
也快得仿佛从来没有来过？
只剩一秒，如白驹过隙，
比不曾有过的还要令人心碎。

伸出手,法镭,你捏住了
飞蛾扇动的一寸风吗?
时间真的一点都不软。
亮晃晃的夏天,藏在笑里,
醒来之前,一天已经过完。

法镭闹海——给森子

六年后,躺在铜鼓岭近岸的
浑圆巨石上,让清晨的阳光
洗涤一身污浊,法镭想起了
在屏东礁岩上的那个
疾雨的下午。海面一样平静,
但乌云密布,喁喁私语的情侣
假装淋湿才是爱的真谛。
法镭用草帽表演的不是魔术,
而是风火轮,一曲终了,
惊恐比阵雨更迅速地横扫
彼岸的海市蜃楼。而今天,
风平浪静得令人难以置信,
连我们的海盗旗也温情脉脉,
连远处的鲨鱼,也唱起了
迎宾曲。这都是真的吗?
潮水轻拍法镭的脚踝,
有如亲亲鱼结队索吻,
是诉说南海的好客?

阳光越来越暖，几乎要灼烧
空怀一身绝技的法镭。
但海水终归平静，湛蓝，
数着细沙，删除所有的脚印，
留下贝壳和海底的呻吟。

虎林街

　　法镭沿夏天拐进
虎林街，刚哼起小曲，
却让草莓用万千媚眼
勾住了腰。"小心
我们的红唇！"有合唱
的火龙果也从晚霞
那边涌来，把法镭
一脸的夕阳抹得更艳。
每一片红玉西瓜瓤里
的激情，飞旋出法镭
迷失在十字路口，
一闪神，没上发条的
柳橙也挣脱了皮肤，
瓣瓣都吟唱起憋了
一生的小夜曲，唤醒
远处慵懒的美人蕉。
法镭在丛林中被蜜枣
击中味觉，迷狂，

便遇见释迦的新翠
亮出如来掌,法镭
一惊,却又听见:
"小甜心呢?"酪梨
以南国口音浅笑出
黄昏的深不可测。
法镭躲进一颗蓝莓,
好像被星星含住,
变成一枚温润黏牙的
糖。有趣的是,
穿过巷子深处,就有
更多的葡萄等到
夜深,忘了曾经是
法镭的小心肝,还
痴痴瞪着眼睛,等待
明天的喧闹……

到海巢去

在去海巢的路上,我们遇到了
家人、旧情人和几个幽灵。

海浪的声音像阳光砸在我们脸上。

一阵海风吹进来的时候,你
正在梳头。你趴在窗沿
窗融化成了水,被潮流带走
你接着梳秀发,递给我:
"那是我们的未来,"你说,

"痛的,才是美丽的。"

"可是,咬断的未来还是未来吗?"
你笑了笑,依旧伏在玻璃的水里
仿佛一切都没有发生过。

潮水的声音渐渐远去。

望着正午的碧海,你忘了我
在你身后,已经被火烧完。

你褪下纱衣,把灰烬
叠成记忆的形状。但
那不是灰烬,我在浪尖上奔跑
一匹灰色的马。

"还有多远?"我问。
你回眸,吐舌头:"让海巢的风
吹奏,就像我们的叫喊。"

美国组曲(组诗)

北美州际高速公路出口指南

出口 14 北　　Chevron 加油站,往前 30 呎麦当劳,往前 30 呎 Burger King 快餐店,Exxon 加油站,往前 20 呎 BP 加油站;路对面 Chevron 加油站,往前 20 呎 Shell 加油站,往前 30 呎肯德基,往前 30 呎必胜客

出口 13 北　　Conoco 加油站

出口 12 北　　Exxon 加油站,往前 20 呎 Conoco 加油站,往前 30 呎麦当劳,往前 30 呎肯德基,路对面 Arby's 快餐店,往前 20 呎 BP 加油站,往前 30 呎 Shell 加油站

出口 11 北　　麦当劳,往前 30 呎 Exxon 加油站,往前 40 呎 Chevron 加油站,路对面 Burger King 快餐店,往前 40 呎肯德基,往前 20 呎 Denny's 快餐店

出口 10 北　　Exxon 加油站,往前 20 呎 Shell 加油站

出口 9 北　　 BP 加油站,往前 40 呎 Chevron 加油站,往前

	30呎Exxon加油站，路对面Conoco加油站，往前50呎麦当劳，往前10呎Burger King快餐店，往前30呎肯德基
出口8北	Shell加油站，往前50呎Exxon加油站，往前40呎麦当劳
出口7北	Chevron加油站，往前30呎Exxon加油站，往前50呎麦当劳，路对面Taco Bell
出口6北	BP加油站，路对面Exxon加油站，往前30呎肯德基，往前50呎麦当劳
出口5北	Amoco加油站，往前30呎必胜客，往前30呎Arby's快餐店，往前30呎Dairy Queen奶品店，往前30呎Wendy's快餐店，往前20呎Hardees，路对面Chevron加油站，往前40呎BP加油站
出口4北	麦当劳，往前30呎Burger King快餐店，往前30呎Denny's快餐店，往前30呎Exxon加油站，往前20呎Amoco加油站，往前30呎Chevron加油站，路对面Conoco加油站，往前40呎Chevron加油站，往前30呎赛百味快餐店
出口3北	Shell加油站，往前30呎Chevron加油站，往前30呎麦当劳，往前30呎肯德基

出口2北　　　肯德基，往前30呎麦当劳，往前20呎Exxon加油站，往前30呎Chevron加油站，往前50呎Burger King快餐店，路对面Hardees，往前20呎Shell加油站，往前40呎Amoco加油站，往前20呎BP加油站

出口1北　　　Exxon加油站，往前30呎Amoco加油站，路对面麦当劳，往前30呎Wendy's快餐店，往前30呎肯德基，往前40呎Shell加油站

本校中文班学生名册

一年级一班：约翰、彼得、乔治、迈克尔、艾米莉、查尔斯、安、安妮、汤姆、大卫、劳拉、克里斯、罗伯特、凯西、杰西卡、威廉、汤姆、丹尼尔、丽莎、丽莎、朱莉、马丁、露比、蕾切尔、托尼、杰弗里

一年级二班：苏珊、琳达、比尔、安迪、帕特、尼克、比尔、查尔斯、杰森、凯蒂、丽莎、劳拉、大卫、凯罗尔、克里斯、朱莉娅、杰西卡、汤姆、艾米、黛布拉、约翰、乔治、彼得、迈克、安吉拉、芭芭拉

一年级三班：哈罗德、凯罗尔、亨利、琳达、蕾切尔、安吉

　　　　　　拉、迈克尔、朗、丽莎、汤姆、帕特、莱恩、
　　　　　　丽莎、琳达、约翰、克里斯、朱莉、罗杰、斯
　　　　　　蒂芬、杰西卡、托尼、艾米、杰弗里、乔治、
　　　　　　大卫、大卫
二年级一班：詹姆斯、玛丽、丽莎、约翰、迈克尔、罗伯特、
　　　　　　威廉、汤姆、琳达、丹尼尔、丽莎、迈克、保
　　　　　　罗、朱莉娅、乔治、斯蒂芬、马修
二年级二班：杰森、安迪、约翰、约翰、尼克、比尔、凯瑟
　　　　　　琳、保罗、艾米、朱莉、金、阿什利、大卫、
　　　　　　丽莎、凯西、基斯、彼得、黛安
三年级一班：路易丝、琳达、玛丽琳、杰西卡、乔治、蒂娜、
　　　　　　露比、汤姆、丹、斯蒂夫、斯坦利、彼得
四年级一班：哈利、约翰、弗莱德、克里斯、马丁、大卫、帕
　　　　　　特、凯罗尔、乔治
硕士班：　　丽莎、汤姆、琳达、约翰、鲍勃
博士班：　　乔治、大卫

拉法叶郡郊外风景图

爬山虎爬山虎爬山虎爬山虎爬山虎爬山虎爬山虎爬山虎
　　爬山虎爬山虎爬山虎爬山虎爬山虎爬山虎爬山虎爬山
　　虎爬山虎爬山虎爬山虎爬山虎爬山虎爬山虎爬山虎爬

山虎爬山虎杂草杂草杂草杂草杂草杂草爬山虎爬山虎爬山虎爬山虎爬山虎爬山虎

继续往前

榆树　　榆树　　榆树榆树　榆树榆树　榆树　　榆树爬山虎爬山虎爬山虎爬山虎　核桃树　核桃树　　榆树　　榆树榆树榆树　榆树榆树　杨树杂草杂草杂草杂草

再过去是河

杂草杂草杂草杂草松树松树　　松树　松树　松树松树　松树杂草松树杂草松树　　松树　　松树　松树松树爬山虎爬山虎爬山虎爬山虎爬山虎爬山虎爬山虎　土堆　松树松树　松树　　松树松树松树松树　松树松树松树

再过去还是那条河

杨树　　杨树杨树杨树　杨树杨树杂草杂草杂草杂草杂草杂草杂草杂草　杨树杨树　杨树　杨树杨树杨树　杨树爬山虎爬山虎爬山虎爬山虎爬山虎爬山虎爬山虎　杨树　杨树杨树杨树　杨树榆树　榆树爬山虎爬山虎爬山虎爬山虎爬山虎爬山虎爬山虎爬山虎爬山虎爬山虎爬山虎爬山虎爬山虎爬山虎爬山虎爬山虎爬山虎爬山虎爬山

虎爬山虎爬山虎爬山虎爬山虎爬山虎杂草杂草杂草杂草杂草杂草杂草杂草杂草杂草杂草杂草

右转

松树松树松树爬山虎爬山虎爬山虎爬山虎爬山虎爬山虎爬山虎爬山虎爬山虎松树爬山虎爬山虎爬山虎爬山虎爬山虎爬山虎爬山虎松树爬山虎爬山虎爬山虎爬山虎爬山虎爬山虎松树爬山虎爬山虎爬山虎爬山虎爬山虎爬山虎松树爬山虎杂草杂草杂草杂草爬山虎爬山虎爬山虎爬山虎松树松树爬山虎爬山虎爬山虎爬山虎爬山虎爬山虎杂草杂草杂草杂草松树杂草松树杂草松树爬山虎爬山虎爬山虎爬山虎爬山虎爬山虎爬山虎爬山虎爬山虎爬山虎爬山虎爬山虎爬山虎爬山虎爬山虎　核桃树核桃树　杂草杂草杂草杂草杂草杂草杂草杂草

左转

枫香杂草枫香　枫香　枫香枫香枫香　枫香枫香　枫香 爬山虎爬山虎爬山虎爬山虎爬山虎爬山虎爬山虎爬山虎枫香枫香　核桃树　核桃树核桃树核桃树　杂草杂草杂草杂草

左转

枫香　　枫香爬山虎爬山虎爬山虎爬山虎爬山虎爬山虎爬山虎爬山虎爬山虎爬山虎爬山虎爬山虎爬山虎枫香枫香 枫香枫香枫香　杂草杂草杂草杂草杂草

枫香枫香　枫香　　松树　松树　松树松树　松树松树
右转
松树松树松树　松树　　松树　　　紫树紫树　紫树紫树紫树
　　爬山虎爬山虎爬山虎爬山虎爬山虎爬山虎爬山虎爬山
　　虎爬山虎爬山虎爬山虎紫树　枫香枫香　　　紫树
　　紫树
右转过桥
橡树　　橡树　爬山虎爬山虎爬山虎爬山虎爬山虎爬山虎爬山
　　虎　　杂草杂草

校园暮春遇同事

9∶00 am

"哈喽！宵病!"
　　"早上好！唐纳!"
"怎样你做得?"
　　"不错！你呢?"
"还可以!"
　　"好天气今天!"
"耶，太妙了！你家庭都好?"
　　"很好!"

"好久不见你!"

"我真忙!"

"哦,我也是!"

"好像大家都忙极了!"

"对对,但我们要找时间见面!"

"当然,我们要聚一起!"

"电话我随时!"

"是,联络用电话!"

"欧,我得走现在!"

"好,见你以后!"

"拜拜!"

"拜拜!"

9∶20 am

"早上好! 笑柄!"

"早上好! 迈克!"

"怎么样你?"

"很好! 怎么样你?"

"我还行。"

"有点热今天!"

"是,热起来了! 你家庭好?"

"不错!"

"好久不见!"

"我忙极了!"

"我也,真真忙!"

"好像每人都很忙!"

"是是,让我们找时间再聊!"

"当然,我们要再聚一起!"

"电话我有空!"

"行,我打给你!"

"啊,我得走!"

"好,见你到处!"

"拜拜!"

"拜拜!"

9:30 am

"早上好! 校饼!"

"嗨! 菲丽丝!"

"怎样一切?"

"好,好! 怎样你?"

"很好!"

"真热今天!"

"是,这么热! 怎样你家庭?"

"好,好!"

"没见你好久!"

"我太忙!"

"耶耶,我真忙也!"

"好像每人都这么忙!"

"当然当然,我们再好好聊下次!"

"是,我们应该聚一起!"

"你电话我随时!"

"行,你有时间电话我也!"

"行,我得先走!"

"行,保持联络!"

"拜拜!"

"再见!"

开车途经一个名叫吊诡的小镇

雪下得比脾气还大。梦里的儿童
在云上堆出了好几墩胖乎乎。

倒流的泪水里满溢着幸福?
疾驰到远方,恰是曾经的悬崖。

鹅毛送来了软刀子,进去的苍白
要从我的名字里扎出绯红。

练得漂亮时,一路上的刺骨
齐发出万箭穿心的光芒。

行到水穷处,松针便打开
欢乐冰冻山谷,让破晓响彻心扉。

彩虹再涂脂,泥泞再抹粉也
遮不住青山——都是旧相识。

来不及回到未来,我先把
整个冬季反穿在身上。

飞起来的风景又停在云端,
像二十多年前一样,遥不可及。

锯木厂的冬天

锯齿长,白昼短。
厂长把森林捆起来堆到河岸上。
小瀑布暗藏鱼玄机,顺枯枝
偷偷吟诗,一边磨牙
一边吮吸融冰。
厂长梦见从树皮下锯出小康,
听北风,也一样嘶哑,
好像木屑卡在舌根。
雪要给冬天润喉,却忘了
鹩鹩的清脆嗓门是怎样炼成的。
厂长独自爬出削片机,
满身裂痕,好像雪山的布景
在切分音下陷入迷狂和呢喃。

我们时代的黑格尔

清晨,我们时代的
黑格尔,从院长室大步跨出,
嘴里含着奶糖。他一手遮天,
一手插在裤袋里,拨弄
法拉利的新钥匙。他的皮包
装有强国复兴的蓝图,
还有几页吾皇万岁的歌谱。
他髭须上扬,模仿去声和
阳平,引经据典,用鼻尖
托起朝霞。路过歌厅时,
他回想起昨晚,酒桌上的
美眉,媚眼和嗔笑像
新世纪的花朵,开放在
胸怀的花园里,渴求着浇灌。
一个早餐的嗝从树根升起,
云蒸霞蔚了。他干咳
并且自豪于墙边的牡丹:
华丽,俗气,富贵如前途。

美妙一天之始,口哨中
早已听不见枪声,轻轻
一跺脚,眼神就跃上红旗:
据说,顺杆爬是一种
螺旋式上升的传统美德。
红得发黑又如何,就算
操川湘口音,也能从灰霾里
说出白刷刷的道理。那么,
连乌鸦也学会了:嘎嘎嘎,
好冷,好亮。好幸福。

鬼魂进行曲

      一整天,
鬼魂们红得发紫。
忍住笑,步履散发焦味:
从火场里赶来,重新
列队踏入虚无。
      鬼魂们
在天堂里正步走,美妙的
演武场,陡然洗出晴朗。
哦,都装扮好了,这就
奔赴阵亡。
      齐声欢呼吧,
凯旋的日子,鬼魂们
爬出秦俑的墓穴,披上
傀儡新盛装。
      城楼上
另一些鬼魂是看不见的:
一挥手,多少白骨,
切成人形的魔方,

　　　　　扭出

没有五官的脸。

天桥不见了

昨夜,天桥被抬去了天上——
不是彩云追月的故事
还能沿天阶洒下流星雨?

一开阔,嘴也没了遮拦,
但脚步太轻,跨不过晴空。
不往上,也能向前吗?

"我也曾是凌波仙子!"
车水淹没了马龙,
真的会坠入飞轮海?

无言鬼输给大声魔。
利爪再硬,也抓不住世界
还能在哪一寸站稳?

离天上还远,只举得动
腰间的风。没了桥上的人,
从楼上怎么看风景?

中全公园的三棵树(三首)

树上的时钟

在滴答声里,树叶胖了。
时间只是虚无的长筒袜,
套在无影腿的尽头。
打太极拳的阿公来了:
他数不出自己的年龄,
只能靠鱼尾纹来估算:
笑的时候长得快
哭起来要掐每一个穴位,
才能认准逝去的年华。

树枝还在练习伸懒腰,
钟却只报以白眼。
太极拳慢下来就是一生,
扯不掉垂柳,也推不倒高塔,
但有人说,风中的新娘
会用弯曲的吻勾住新生活。

等叶子舔软了天边，就会有
云舒服得晕过去，因为
云料不到她的裙幅里
能藏起潮湿的时间。
伸得再远，树枝也插不进
秒针的缝隙，那里
快挤爆的欲望喘着粗气，
仿佛枪一响就能冲向终点。

但树荫用露水来计时，
如同树下的美眉用眼泪
丈量忧伤。还有谁在树下
等长安的暮色慢慢偏移？
沙沙的落叶，能抢先跑过
丢失了钟摆的时间？
细听之下，钟的滴答
无非是树干的心跳声。

树上的钥匙

挂在枝头的钥匙，究竟

能打开多少树的肚腑?

我一直相信,花没有秘密。
花,亮出自己,如同
匕首亮出冷光。但花季
早已过去。此刻,
树的沉默令人战栗——
仿佛深藏着旧情,以及
牙痛。等不到春天,
就只能咬破唇上的回忆?

树的私语不会惊醒
怀中的蚂蚁。月色下,
我抚摸每一寸树皮,
用钥匙敲打,挑逗
树的胳肢窝,直到木头惊叫,
乌鸦们扑啦啦飞逃。

如何才能让年轮的晕眩
变成幻觉的涟漪?
还是宁愿挣扎成藤蔓,
绑住夏天,把火辣辣

的树芯榨干成药渣?

我忍不住摘下钥匙,插进
树的小腹。汁液
喷湿了我全身。尖叫声
割破黑夜,撕开的
正是星空的深渊。

树上的镜子

日出时分,树正给自己
梳头,从镜中捕捉到
你飘过街角,像一阵雁鸣。

妖娆起来的当然不止是
水仙。破碎之前,
倩影一定还留在
那个无法拥吻的云端。

清晨,当你出门错过
亮晃晃的镜子,树影抓不住
你的一闪而逝,甚至变成

你从未料到的分身。
从倒影里，你不经意
瞥见太阳的臀，照出你
羞于见人的半边脸颊。

起初，你以为那是别人的。
但随后，树认出了你，
正是借镜子的反光
一切才变得栩栩如生。

树的枝叶越梳越乱，镜中的
人影越看越虚幻，几乎
不再是你，更不会有
虬枝强扭出喷火兔女郎——

树妖转瞬即逝，如后视镜
让你变小，变没，
暗示我们虚构总是必要的。

要不怎么说，只要站到镜子
背面，你就真是一棵参天大树。

一只蝴蝶飞过凯达格兰大道

一只蝴蝶飞过凯达格兰大道,在喧嚣之间
它扇动翅膀。它像瘟疫飘荡
悄然,方向不明

一只蝴蝶,在扑腾。它以为彩旗是鸟羽
纷纷扬起,又落下

一只蝴蝶迷离着,拳头像飓风一样
吹着它。但暴雨没有来,它惊慌得没有道理

一只蝴蝶。它想喊叫,但不知喊什么好
于是它停息在路边的树枝上
直到天黑。

直到天亮。它都
没有动

霹雳州的西湖

霹雳州的西湖安静得像刚哭完的恋人,
从未洗过的半边脸,水比没有水还要轻巧。

大学貌似浪漫着:有些诗人开成墙外的玫瑰,
有些陌生人却被花园宠坏,怒放成惊雷。

涟漪直到如今还不足以泛出历史的泪花,
旧气息欢乐扑鼻,纠缠最遥远的友谊。

鱼群从水面下游向肾亏的马来语,
飞禽扑腾浓咖喱,探出牙齿敲广东腔锣鼓。

四肢热闹起来,继续测量时间,但地是软的,
侠客嘘成一阵风,热泪似剑影掠过半岛。

一颗星掉在椰汁里,一下子袭香,一下子泛酸,
在情话里挥发成酒,削铁也只能烂醉如泥。

街头面饼抛出宝莱坞歌舞,旋风甜腻如蛀牙,
而会馆里,诗经虎啸龙吟,摇醒湖底的神魔。

头巾下的水冒出闪电,眼波不输妖媚海峡。
岸边,鲜花多妻,蝴蝶扑朔一身蝌蚪文。

在叶芝故居

   我一转身才见你。
满目鲜花报贩,带来上世纪不测。
咖啡客,轻佻则轻佻矣,我只当没听见调情,
在一颗玫瑰糖中嚼出烟灰之春。

   阳光打开名字
更鲜,在镜子里作壁虎爬。
等看到室内风景,幕已扯下。
桌子矮,沙发苦,电视机蒙羞。

   窗户晒干
一句湿冷格言。再转一次,
真的刺痛眺望童年。
我单腿勾住旋转扶手,滑下伦敦。

怀沙

那时 一个人躺在粽叶上渡江
寻找一团诗 不过他早已是一尾鱼

让岸上的米喂饱了
肚子 鱼便歌咏起王

剖开鱼 吐一腔韵脚和
涟漪 血染一江春水

只揉碎他的心肺
抛在水里 就会有更多的鱼

成为诗人 鳞光闪闪
婀娜 渴望 待杀

任凭如箭的船只从字里行间穿梭而过
肉馅的船 一直游到诗人的碗里

让他跳进汤　和鲜美的鱼群一起
哼唱一首时代的摇篮曲

雨女连影

雨女连影，窗正息而丝下味淌迷淌雨连女丝，息味而窗正迷影下味息而影窗淌迷，雨连正下丝女窗迷丝下淌影而连雨女，正息味连迷息而女，雨正丝窗淌下味影迷息丝淌连下，味影而女雨正窗影而女丝窗迷正淌，雨息味下连息而丝淌下影，雨味连女窗正迷雨连迷而淌女息影，窗味丝正下下味丝正迷影窗，息女连而淌雨女息正淌，雨窗迷下连影而丝味而窗迷雨连正丝下女，息味影淌连淌下女正丝，味息影而窗迷雨正淌窗连女，息雨影而迷下味丝

黎春巴天

一件乳针脚撕完出进脾已
裙指间暖起有手瓣吗?
久的商成了内腰?

我沿来,脱住,除了缝
还是一邦的柳字绣了蜘天来,
着绕不标,头,十衣。剩的袖

一会儿冷枚遗到了肤走。子被
穿花,一会儿
我以名一回是春子。袋

售更是宇的表国版。余的口
有一个春么直走留花一下,
璃淋,再摸指货没

袋。镜子空宙的法玻

气里的棉色,但那是镜想。
里也打链,一湿的叫艾成

的格的套手,多以出其员说,那
口捞不到坏思天的为摸手
托下去,那蛛腿。

真的长进了鸟只失可下的没

赤佬十四行（沪语诗）

赤佬拿外滩吃下去了伊讲。先咪一口
黄浦江，再吞一粒东方明珠伊讲。
中国银行忒硬，嚼勿动伊讲。赤佬
霓虹灯当葡萄酒吃醉忒了伊讲。

额骨头挺括，徐家汇胖笃笃像罗宋面包伐？
赤佬勿欢喜甜味道，情愿去舔
像块臭豆腐个城隍庙伊讲。

花露水浓，淮海路湿嗒嗒像奶油浓汤伐？
赤佬吃勿惯西餐，情愿去咬
像盘红烧烤麸个静安寺伊讲。赤佬

大世界吃了忒涨，吐得来一天世界伊讲。
哎，赤佬戆有戆福，屁股野豁豁，
馋唾水汤汤点，吃相勥忒难看，
拿钞票当老坌搓出来含了嘴巴里伊讲。

夜上海（沪语诗）

掼忒。

　　眼泪水捧了加牢，统统掼忒
一塌刮子呒没几朵夜来香，别了领头上
落忒。

　　拨老虫撷得去，送拨隔壁头咯咯鸡
娘舅老早困着了。

　　　　呆忒。格末
钢琴奔过襄阳路，也听勿到了。

　　　　　　闷忒。
夜快头，一只羽毛球飞到云里，从印度洋
绕过去，

　　停忒。星星又勿晓得
要唱到啥人耳朵里去。教法国梧桐
也只会得乌里麻里吹吹东南风。

　　　　　　戆忒。
小赤佬样子还以为世界是伊个。
昏忒。

　　捏好裤裆当心人家捉扳头

野野胡要拨生活吃生活个,乃末
瘪忒。

  夜里黑绰绰,像一只敲瘪橄榄
轧好闹猛,啃了清清爽爽,

         掇忒。

卧姿(音译普拉斯诗一首)

唉,可夕死
唉,负她,胡思求渴得舞得临死
俺的爱渴死!
爱渴死,却来舞灵
噢扶扶落木的伞塔儿,来客获悉死。

得,塞破
味儿似来客天儿似,来客的
我踏死去来无垠
脱离爱似大步离席,一次蜜热
偶妇儿的若渴

在她剧弱扑死,俺的疼死
额外的死搞
已腾摆,为敌各凛死。
夜似泪她爱
因扛她,则忙得肉的

卧姿就来，俺来得类似，

滴银的发，她胳膊护肤，太颇似。

外偶

扶落幕的抱等魔夫的扑，飞客似地撕打死

割吻恶来赴。

原诗：
Words (by Sylvia Plath)

Axes

After whose stroke the wood rings,

And the echoes!

Echoes traveling

Off from the center like horses.

The sap

Wells like tears, like the

Water striving

To re-establish its mirror

Over the rock

That drops and turns,

A white skull,

Eaten by weedy greens.

Years later I

Encounter them on the road—

Words dry and riderless,

The indefatigable hoof-taps.

While

From the bottom of the pool, fixed stars

Govern a life.

一个男幽灵的女世界

——谈杨小滨"女物"系列诗

秦晓宇

一

"女物诗"是杨小滨新近开发的一类诗歌系列产品,她们很容易被识别、归类,因为标题中均有一"女"字,如《女气象图说》、《学做女料理》、《减字女兰花》、《我和月亮失散于一次女考试》,等等。这种"女+某物"的构词法貌似别出心裁,其实渊源有自,古汉语里早有"女冠"、"女墙"的词语了。

总的来说,这个世界看上去越来越女性化。性感无处不在,除非特别说明,均指女性感;选秀节目、商业大片与时尚杂志里的男人别提有多"娘"了;包装、装潢、装饰、化妆等唯/伪表面主义操弄琳琅满目;政治人物在公众视野里惯于作秀而非立威,一不小心倒台也是由于沉沦于女世界;商品与服务纷纷追求某种女品质,资本家们往往会为商品及其品牌符号物色一位漂亮的女代言人,以挑逗消费者的欲望,这种广告行为同样是一种"女物"的修辞。而在文化思潮领域,现代主义与后现代主义之间似乎也颇具两性差别的意味。如果说前者是独根、形而上学、控制/逻各斯、结构、总体代码、本源、神圣,是阳物中心主义的;那么后者则是块茎/表面、反讽、离散/偶发、解构、独特语词、差异—延宕、幽灵,是女性化或雌雄同体的。

杨小滨的家乡上海,可以说是中国最风骚香艳的女物乌托邦了。他那首《巴黎春天》里有这样的诗句:"一枚遗失已久的商标,/长进了乌托邦的柳腰。""商标"在整个毛泽东时代确乎是"遗失"的,如今却成为一个商品拜物教时代的标志;"长进"的另一义是进步、发展,但这里明显有对此义的反讽;"乌托邦的柳腰"暗喻历史转型期,并提示了现时代"物托邦"的性别(毛时代显然是男性化的"熊腰")。这句诗已然是一种女物的写法了。同样写于2003年的《一家名叫"骚货"的时装铺》则可视为女物诗的滥觞之作,《巴黎春天》与后者最大的区别在于题目中没有直接出现女物意象。作为一个拟像密集的超真实场所,巴黎春天是真实存在的,它不仅是上海淮海路上的一家高档百货商店,更是历史悠久总部设在巴黎的一个商业帝国,其连锁店遍布全球,因此也是时尚和资本全球化的象征,用《巴黎春天》里的话说,"那只是宇宙的法国版"。而"一家名叫'骚货'的时装铺"纯属杜撰,但也许,当代就是这"骚货":

> 牛仔裤犯了左倾错误,想要
> 　一步跨进皮尔卡丹后花园
> 后花园就是御花园,口袋里
> 　的假山假水是皇帝呕出的

"左倾错误"指脱离社会现实条件的盲动与冒进;"一步跨进"比"长进"更激进,让我们想到超常规跨越式发展之类的口号。牛仔裤最初是劳动阶层的服装,因西部牛仔而多少有西部之感,皮尔卡丹是世界服装工业的顶级品牌,有着类似巴黎春天的象征义,那么前两行诗即便不含对西部大开发的批评,至少也是对冒进式发展的讽刺。皮尔卡丹之"丹"有花感(如牡丹、山丹),于是诗人写到了"后花园"。后花园在古典戏剧小说中是小姐公子幽会的地方,扣诗题之"骚",而资本幽淫的后花园就是权力的御花园,这两种乐"园"正如一张纸币的两面,其核心都是"元"——呼应花园意象的"口袋里的假山假水",指向纸币的背面图案;"呕出"或为货币超发/通胀之喻,这营造了社会的虚假繁荣胜景("假山假水")。原来时代风景乃是后现代商业色相与前现代权力的阳物中心主义通奸的淫邪景象,我们由此明白了诗人选用"时装铺"(而非时装店)的深意,"铺"还有床铺义,当代正是两者的大床。

《巴黎春天》、《一家名叫"骚货"的时装铺》渗透了诗人的批判意识,但这种批判意识并非通过义正辞严的庄重姿态、悲情愤怒的抨击腔调表达出的,相反,杨小滨的方式是一种骚货式的戏谑与轻薄,正如他在《语言包装或诗》中所说:"一种具有批判意识的诗就是用语言表象模拟并且耍玩了现实形式的过程。在这一点上,首先是正视(而不是逃遁),其次是蔑视。"① 批判、模拟、耍玩、蔑视的态度与方法杂糅成一种内含锋芒的反讽语言,这种语言以戏仿来恶搞、捉弄模仿对象,大曝其丑,用诙谐玩闹来羞辱和冒犯,拿诗性妙语对抗丑恶与庸俗,用游戏的方式进行颠覆(杨小滨有一篇访谈,题目就叫做"我与这个世界的关系是反讽的")。非但如此,这两首骚货之诗更是印证了罗兰·巴特的一个观点:"写作乃是政治和醉的交合(而非连接)。"② 巴特发现源于政治的语言并不必然是政治语言;政治语言本质上是一套陈词滥调,在权力的庇护下被生产和传播的话语,经由各种社会机构的协同作用,顺理成章地成为一种令人厌恶的语言俗套,面对这俗套,新与例外的表达就是醉,社会性的陡然迷失与反常之极端就是醉,使表面的非政治之物政治化就是醉。具体到杨小滨这两首诗,"长进"、"一步跨进"均为源于政治的语言,又并非进步、发展、冒进之类意识形态陈滥语;用"口袋里的假山假水"指代钱,则是一个非常尖新的表达;而"时装铺"、"后花园"、"假山假

---

① 《语言包装或诗》,见《杨小滨诗学短论与对话》,23页。
② 罗兰·巴特:《文之悦》,上海人民出版社2002年版,83页。

水"等非政治之物,也被诗人充分政治化了。在此语言情境下,我们哪里分得清何者为政治,何者为艺术迷狂。

二

对于权力与资本对人的宰制,杨小滨的女物诗延续了耍玩式的批判与解构策略。《一家名叫"骚货"的时装铺》中作为花园的意识形态景观,在《女动物园游览指南》中变成了另一种耍玩的场所:动物园。相应的,光顾时装铺的购物者在动物园里又化身导游,带领我们逐一游览了"草泥马美眉",有着"撅屁屁的小康模样"的"九尾狐阿姨",其"脸颊的红"令人"多点荣耻感"的"快乐火凤凰","拧出小蛮腰"、让你"倾听了自己的原罪"的"白蛇精",以及"酥胸"不得观看的"美人鱼姐姐"。前四种女动物属于中国特产,惟美人鱼来自西洋,但不管产地在哪儿,都是政治动物。草泥马是网民出于对网络权力不满而虚构的一种动物,那句"草泥马美眉被体质过敏了"既是谐音修辞,也是飞白修辞:这个凸显了"被"的病句,暗示过于敏感是一种病态。与草泥马美眉不同,其余三种国产动物均来自历史文化深处。九尾狐,典出《山海经·南山经》"青丘之山,有兽焉,其状如狐而九尾,其音如婴儿,能食人",是一种善变、媚惑、伪纯真、吃人的动物。凤凰和龙一样,也是权力的象征(凰即皇),火凤凰又喻欲火焚身之态。火凤凰走"红","拧出小蛮腰"(拧有抵触义,蛮有不驯服义)

的白蛇精却被镇压在雷峰塔下，此典直接关涉对异端的惩罚，而导游介绍她时也提到"九节鞭"、"警笛"、"原罪"——扣蛇意象，暗示权力底下异端即有罪，又借此巧妙过渡到西方文化。意味深长的是，来自西方童话、给人自由美好之感的"美人鱼姐姐"被告知禁止游览。结尾那句"好孩子，你要学乖"是一种"指南"式的意识形态说教，使人幼稚化与驯服化，正是权力的一切规训与惩戒的最终目的。但在游览了如此色情的女动物园之后，这套说教显得多么虚假、可笑。现在的问题是，那给予我们"游览指南"的究竟是一名怎样的导游？

这位导游有着集权主义的训导、宣传、蛊惑、控制、威吓声音，又从这声音内部揭露和反讽这一声音；与此同时，这声音香艳地叙述着女动物的性感部位，也构成了一种极其色情的诱惑，就连"看到美人鱼姐姐的酥胸得赶快掉头"，也因"酥胸"一语而像是挑逗，就连结尾在此语境下也更像一句撩人的反话。质言之，剥开神话修辞术的女画皮，透过幼儿园阿姨式的女腔调，我们能从导游的讲解中读出一种男威权与男色欲，在我看来，这种吊诡的话语阴阳结构指南性地成为此诗的根本隐喻。它是后集权时代权力的女色相化布展与其实质上的男权专制的隐喻，同时也是以施魅的方式对此进行祛魅的女风格（魅惑性）之男诗（批判性）的隐喻。而这诱惑归根结底是美学意义上的，一如波德里亚所说："男性诱惑者的诱饵策略也不是一个反常的运动，该策略属于这种讽刺美学的范畴，其目的就是将身体的普通色情转变成激情和妙语。"① 对于这名性别耐人寻味的导游，这个混合了多声部的虚拟角色，这个只有声音在场的隐身人，我们不能将其等同于诗人杨小滨。他是一个超存在者，一个幽灵，刊载于杨小滨所有诗集中的那份个人诗学纲领《幽灵主义写作》，可以帮助我们认识这一点。罗兰·巴特也说过："文需要其阴影部分：此阴影部分便是一点儿意识形态，一点儿表现，一点儿主体：幽灵，布囊，踪迹，不可或缺的云：破坏须勾出其自身的明暗对比。"② 对于《女动物园游览指南》、《谁怕女人民币》这类批判与诱惑交合的幽灵之诗，这段话可谓深得其妙。

《女动物园游览指南》让我们对《一家名叫"骚货"的时装铺》中被一语带过的"御花园"有了更深刻的认识，而《谁怕女人民币》是对"口袋里的假山假水"的充分书写。

《谁怕女人民币》写于国际金融危机的背景之下。大量货币为应对危机、继续保持较高的经济增长率，诗中"谁蜷缩到印钞机的齿轮中，听任蹂躏，/把整个世界的惊悸都咬进高潮里"，表现了这一点。"听任蹂躏"的自然是女人民币，人民币不仅有"假山假水"，也有女性，譬如第三套人民币一元的背面图案是一名女拖拉机手，第四套人民币一元背面

---

① 让·波德里亚：《论诱惑》，南京大学出版社 2011 年版，176 页。

② 《文之悦》，42 页。

有位侗族姑娘，等等；"惊悸"扣标题之"怕"，且谐音经济，"世界的惊悸"即指国际金融危机；"咬"呼应"齿轮"，它在女物诗中往往有色情意味，如《致女苹果》"我总是把你关在暗室里咬"，《九颗女馄饨》"她反过来/咬住我的舌头"，《女葡萄的一次梦呓》"咬住她"，这种色情意味很可能基于"咬"的"口""交"之字象启示，"咬"也是拉康所说的那种侵凌性意向，在一种本质上是自恋的情欲关系中，自我用来组织自身情感的能量和形式必定也是将主体引向对自身和他人的侵凌性关系的能量和形式；"高潮"，货币超发如潮，以及高潮般的经济表现。

诗人称人民币为女人民币，与其女图案有关，与其被印钞机疯狂踩蹦有关，更与其迷人、轻盈的女性之感有关（"花掉的美如花，跟抛开的轻如燕"）。纸币如美女，很是惹火，而烧钱正是本诗主题，不仅"新贵"一掷千金出手豪阔，集体也烧钱，此外它还指向拿人民币当冥币烧的祭祀新风，在一个货币拜物教的时代，这一祭祀新风极具象征意义。本诗开篇写道："就算把脸面全换成貂蝉或者武后/也吓不倒烧纸钱的新贵"，最后一节每行都是对烧钱之主题意象的回应：

纸上的微笑本来就是要烧烤的。
没什么大不了，就让纸币铺开炼狱，

用水蛇腰缠绕无耻的女领袖。

"烧烤"关乎饕餮之欲,在"炼狱"的语境下还有火刑意味。"炼狱"之"炼"乃火字边,有烧意。最妙的是以"水蛇腰"喻指火苗:用一个"水"打头的词来形容火(人欲横流即欲火中烧),这种陌生化效果颇有罗兰·巴特的"醉"意;"蛇"暗示了魔鬼的诱惑、人欲之原罪;"腰"是杨小滨诗歌尤其他的女物诗的关键词之一,就前面谈到的几首诗来说,《巴黎春天》有"乌托邦的柳腰",《一家名叫"骚货"的时装铺》"做到了广播操第二节腰就断了"(对折腰一词的改写),《女动物园游览指南》写到"拧出的小蛮腰"。在杨小滨的诗中,"腰"意蕴复杂,首先柳腰、小蛮腰、水蛇腰反映了杨小滨"楚王好细腰"的一面,而弯腰、折腰、扭腰的动作,或是向权力献媚之态,或为诗意反抗之美;其次"腰"可喻事物的中间部分、历史转型期;第三,在杨小滨色情的女物诗中,"腰"流露出"妖"意,一种颇具诱惑的妖妍之感;第四,从汉字的符号诗学角度来看,"腰"之字象传递出肉身性(月)欲求(要)的意涵,这正是《谁怕女人民币》之"腰"的核心象征义。

　　祭祀时烧钱是为了沟通神鬼之域,本诗亦含三界。"纸币铺开炼狱"明确点出炼狱。"一个人的冥币"(币种谐音。"一个人"指谁?)、"谁才是冥币的代言人"以"冥"透出冥界意味。而天堂是由这几句诗来表现的:"如同向云间扔出去一辆辆宝马/'那里有森林煤矿,还有/喝不完的青稞高粱。'""云间"华贵富饶的景象暗示了天堂。然而"那里有森林煤矿"云云化用自纪念九一八事件的苦难乡愁歌曲《松花江上》,这是否意味着极少数新贵的天堂也是更多人的地狱?新贵的暴富多以"森林煤矿"被烧到"云间"以及多少人被逐出家园为代价;"喝不完的青稞高粱"正如老杜所写:"朱门酒肉臭"。《神曲》中但丁出入三界,说明他是个超存在者,本诗同样是一首幽灵之诗。但与《神曲》不同,本诗止于铺开的炼狱而非天堂,诗中没有圣洁的贝雅特丽齐,有的只是"听任蹂躏"的"谁";诗中也没有大爱的化身上帝,只有擅长阴性政治招术的,魔鬼("水蛇腰")般永不餍足的"无耻的女领袖"。正如拉康所指出的,人的欲望总是他者的欲望。那么我们对金钱的贪欲实际上是谁的欲望?而拉康的名言"不要向欲望让步",我想也正是《谁怕女人民币》之题旨。

杨小滨之所以对钱(更确切地说人民币)津津乐道,以此为题材展开一系列似是而非的现象学、符号学、精神分析、文化考古学或政治经济学的女研究,主要因为它是当代中国政治、经济、文化、社会生活的一个焦点,在这个扭结点上各种势力彼此借重、龌龊、共谋、冲突,穷形极相地表演着——"谁才是冥币的代言人"?谁是,谁就代表了妖淫的现实本身,呈现出十分深刻的无耻的诗意。

女银行物语

纸币嗲兮兮,皱起腰说
把我卷成晚霞吧。
故事被翻红浪,股市
露出脚底,踢出白花花。

白花花里有白茫茫,
云端会掉下万人迷吗?
女元宝笑答:那就用
口袋的叮当声给我当密码吧。

密码把子宫锁住,储蓄
长成老胎儿。没有一张卡
可以打开女提款机。
她撇嘴:让我洗完钱睡吧。

睡在小数点边上,女经济
出落成新娘,在红包底下
藏好初夜。她发愁:
把我叠成捅不破的纸吧。

这又是一首政治经济学之诗,研究对象是银行这一超级中介系统。"物语"乃日本古典文学体裁之一,可以简单地理解为故事,"故事被翻红浪"即扣此义;据日本学者考证,物语源于宗教性斋戒、物忌之日夜所语,或因在这一天降临而被视为神意之言,本诗以"云端会掉下万人迷吗"及"初夜"情境反讽性地应和了这一语源;该词早期的一些用例多指向心倾意切之相语,"把我卷成晚霞吧"、"把我叠成捅不破的纸吧"等吁请完全符合这种语态;作为文学式样的物语在定型后所具有的传奇性、神秘感与宿命色彩,也是本诗极力营造的效果。《女银行物语》同样是一首兼具诱惑性与批判性的作品,其语言俨然是梅洛-庞蒂所说的那种"可以被当作一种武器、一种行动、一种攻击和一种诱惑的物语(Lague-chose)"①。此外杨小滨也是在物语的字面意义上来使用该词的,从"纸币嗲兮兮,皱着腰说"开始,每一节都有女银行之物在言说。

本诗充分体现了一种矫饰主义的风格。它采用了四行一节的常见形式,偶行押韵,一韵到底,类似银行刻板谨严、一成不变的规章制度。不仅如此,节与节之间还以顶真的方式相连,且结尾处的"捅不破的纸吧"通过顶真返回开端"纸币",

---

① 梅洛-庞蒂:《可见的与不可见的》,商务印书馆2008年版,158页。

从而构成了一个无限循环的回路,而银行正是从吸收储蓄,到放贷,到回款,再到支付储户本息的一个循环系统。各种违规操作、贪污腐败乃至携款出逃屡见报端,在高度程式化、制度化的格套背后,银行其实有着极为放浪出格("被翻红浪")的"淫行",一如本诗"制服诱惑"般的形式与内容的对比。银行投放贷款又吸纳储蓄,表面光鲜靓丽,内里错综复杂,但不管怎样,面向客户的每个细节都一丝不苟;本诗的遣词造句也是如此,既直赋又隐喻,既表现又涵泳,细部精雕细琢。

在这个名为"女银行物语"的艳俗故事中,女主角"纸币"率先"嗲兮兮"地登场了:"皱",皱褶中往往藏着猫腻;"腰"有妖意,并象征欲望;"晚霞",最新版一百元是粉红色的,一堆百元大钞灿如"晚霞","卷"有卷款(潜逃)之意。呼应"晚霞"的"被翻红浪"出自李清照的《凤凰台上忆吹箫》,杨小滨像某些古典艳情小说作者一样,赋予这个词强烈的色情意味,不一样的是"被"为双关,"红"另有象征义。这里插一句,"被翻红浪"系文言词藻,"物语"乃外来词,"草泥马"、"美眉"属于网络流行语,"假山假水"则是自造词,这反映了杨小滨兼收并用、百无禁忌的语言观,对他而言,任何语言材料都可以使用,端看是否用得诗性盎然,诗歌就是符号的狂欢节,它不是"纯洁部落的语言",而是魅惑部落的语言。"股市"谐音"故事",上下文语境也凸显了"股"之大腿义。"露出脚底",露出马脚,"底"亦指股市探底;"白花花"除了指钱,另有白花之意。权贵庄家们挪用银行资金翻云覆雨、兴风作浪,赚足了"白花花",普通股民的钱却大都白花了。

股民的钱白花了,故"白茫茫"有白忙意,它还透出倾家荡产的意味,正如《红楼梦》:"白茫茫大地真干净";"茫茫"还有迷惑不清、茫然之感,引出"迷"、"密码"。"云端"承"白茫茫",有着类似《谁怕女人民币》之"云间"的象征义,一些人被银行捧上"云端",另一些人则被踩在"脚底",这就是中国判若云泥的贫富差距以及银行业的媚态与倨态。"万人迷"是电视剧《粉红女郎》女主角的名号,"云端会掉下万人迷吗"戏仿了"天上掉下个林妹妹",这戏仿进一步确认了上句蕴含着"白茫茫大地真干净"的潜台词;"万人迷"也指钱这万人所迷之物,而新版百元钞正是一枚"粉红女郎","云端会掉下万人迷吗"换成俗语便是:"天上会掉下馅饼吗"。第二节前两句隐隐互文于《红楼梦》,且有"白花花",于是接下来出现了"女元宝"这一钱庄时代的"万人迷","白茫茫"、"云"也带出历史感,这些都使得"女元宝"之奇险颇具说服力;此外"元"有为首义(如元首、元凶),"宝"是一种赌具(如押宝),故"女元宝"亦喻擅长阴性招术的大庄家。"叮当声"又是反讽语,"女元宝"发出的悦耳之声,也意味着多少人穷得叮当响的悲惨生活,这就是权贵庄家与被装在"口袋"里的散户之间的秘密。

"密码把子宫锁住",银行的亏空是个被封锁的秘密,"子宫锁住"会丧失生殖力,正如银行只是某些人圈钱的工具,而非推动经济发展的力量或存款保值增值的方式,它只会使"储蓄长成老胎儿",曾经有一条被大量转载的新闻印证了这一点。1977年汤女士在银行存了400元,这在当时可以买五十瓶茅台或一套房子,三十三年后她连本带息共取出835.82元,而这笔钱如今只够买一瓶茅台。"女提款机"不是赋而是比,暗喻女银行乃是权贵们的提款机,"洗完钱"也提醒我们这一点。影视明星以"万人迷"的方式出现在千家万户的电视上,仿佛唾手可得,实则咫尺天涯。女银行也是如此,貌似端庄平和、美丽优雅,向所有人敞开,但我们永远进入不了她那黑暗淫秽的内部,我们虽然被这个巨大的黑箱所吸纳,成为"提款机"的重要组成部分,但实际上我们根本不了解它("没有一张卡能打开")。这就是我们在茫茫女银行世界的处境。

形似污点的"小数点"喻讽官方统计数据,"女经济"由此被装扮一新,"新娘"与"老胎儿"形成鲜明对照,储户无法通过存款获益,而银行收益中有相当一部分被挪用、贪污,"红包"暗示了这一点,它亦有为"红"所遮掩、包藏之意。"初夜",字面义为最初的黑夜(正如"晚霞"是向晚景象),中国多年增长("出落")的"女经济"终于回"落",迎来"初夜"。"叠",各种问题累积着,对于女经济来说,没有捅不破的窗纸,也没有不破的神话或泡沫,何况在初夜,总要捅破什么。那就赶紧"卷"逃吧,纸币说。于是本诗返回开头,开始下一轮循环所讲述的同一个女银行物语。

本诗色情地研究了银行与货币、股市、庄家、散户、储蓄、政府、经济、统计数据之间的爱恨情仇与色空辩证法,诗中有倾家荡产、家破人亡的"白茫茫"景象("云端掉下万人迷"可形容撒纸钱的场面),也有"新娘"、"红包"、"被翻红浪"的新婚初夜图景,这就是女银行一手导演的红白喜事。而本诗最深晦的寓意隐藏在每节都有的那个普通的"吧"字里。"吧"一方面表现了"嗲兮兮"的肉麻腔调,另一方面也是为了叶韵。但如果仅仅出于这两个理由杨小滨大可不必执于一"吧",至少还可以选择啊、呀、哇、哪、啦、哈等同韵语气词,这并不难,要知道传统修辞学最忌讳过于频繁地重复同一个词,一个优秀的诗人这么做如果不是出于结构上的考虑,那就可能在强调和暗示什么,"吧"也是《女银行物语》最后一字,这就更是一种着重强调了;更何况本诗几乎每个字都别有喻指,意味深长,没道理出现次数最多的一字反而是没有深意的。要想弄明白"吧"的寓意,我们必须对它来一番考古学与现象学的分析。"巴",传说中吞象的大蛇,《山海经·海内南经》"巴蛇食象",罗愿《尔雅翼·释鱼》"巴者,食象之蛇",据此"吧"字便象形了张开大口正在吞噬的贪婪大蛇,这就是杨小滨为女银行系统找到的神话原型!

三

虽然女动物神出鬼没，把每一处社会文化空间都变成腥臊的动物园，虽然女人民币女银行欲望着我们也宰制着我们，女领袖的无耻更无所不在，但这远远不是女世界的全部，许多时候，只要你有一双男幽灵的眼睛，像本雅明那样热衷于唯美的游荡，并擅长绮艳妄想，这世界就是一座无穷无尽令人销魂不已的迷楼或拱廊街。置身其中杨小滨抒女情，叙女事，写女景，说女理，交女友，咏女物，不亦男乐乎。这种"唯美女主义写作"也是中国的诗歌传统之一，也许我们可以通过比较女物诗与屈骚及宫体艳诗之异同，来深入把握前者的女特征。

《诗经》有大量比兴之作，却从未将女性当作比兴的材料（《诗经》中的女子意象被解作比兴属后人附会），中国文学用女性来比兴始于楚辞；与此相关的是，《诗经》已有不少描写女性的作品，而屈原更进一步，创建了一个以女性为修辞中心的香草美人世界。① 诗中屈原处处以孤洁忠贞的女子自比，这当然有其文化心理缘由，或者说受制于文化历史语境，《周易·坤·文言》："坤……地道也，妻道也，臣道也"。乾阳乃天、夫、君，坤阴是处于从属地位的地、妻、臣，这就是中国

---

① 详见游国恩：《楚辞女性中心说》，《游国恩楚辞论著集》第 4 卷，中华书局 2008 年版，1—13 页。

古典诗人常常在女性面具下抒情言志的缘故，卓荦如屈原者亦不能免俗，甚至他刻意强调的"内美"、不时泛起的归隐之思，也都可以从坤卦中找到依据："阴虽有美，含之以从王事"，"草木蕃，天地闭，贤人隐"（《周易·坤·文言》）。虽说都是围绕女中心进行创作，屈骚和杨小滨的女物诗还是有很大区别。屈原恪守臣道，用女性意象寄托政治失意，孤芳自赏，忧愁不已，宁死也不愿"以身之察察，受物之汶汶"；杨小滨则是某个体制彻底的游离者和决裂者，其政治抒情女物诗本质上是一种蔑视和嘲弄、一种内含锋芒的批判（屈原借以指代楚王的"美人"，无疑会被杨小滨斥为"无耻的女领袖"），但这并不妨碍他游戏文字和人间，逍遥于这个物欲横流、能指漂浮的世界，欢喜无疆。屈原以女性意象寄托政治失意，表现出一种"哀艳"的诗风；对于玩闹诙谐的女物诗，我们不妨为之发明一个"欢艳"的风格标签。屈骚和女物诗均瑰奇夸诞，但屈原明显有着贵族化的修辞倾向，格调高迈，志趣高洁，这与诗中那个高冠长剑、玉佩香草的形象颇为吻合；杨小滨却不避俚俗又超越俗雅，同时拒斥某种高蹈、膨胀的主体性，从而营造了一种轻僄欢艳的骚货诗风。屈原的《橘颂》和杨小滨的《致女苹果》完全表征了这种差异。

《橘颂》系中国托物言志诗的鼻祖，屈原以橘为象征，既直赋又比兴，用林云铭《楚辞灯》里的话说，"句句是颂橘，句句不是颂橘，但见原与橘分不得是一是二"，这也是《致女苹果》的特点——当然女苹果和杨小滨男女有别,分不得的是女苹果和杨小滨的色情意识。借用精神分析学的术语,我们可以说《橘颂》是屈原的超我(superego)之诗,是屈原的力比多被压抑之后,经过一番变形和转化,通过自我审查,向道德、审美等理想形态的升华;而《致女苹果》是杨小滨的本我幻想(id-fantasies)之诗,是他通过幻想间接满足本能冲动的心理过程写照(本我幻想具有反道德性质),女苹果让人想到脸蛋、屁股以及伊甸园里那只。两位诗人笔下的水果均很迷人,屈原毫无保留地赞美橘之"绿叶素荣"、"文章烂兮"、"姱而不丑兮";杨小滨却不无反讽地谈及女苹果的魅力:"我以为,红彤彤一定是最痛的,/看来你好像晒伤了","我一紧张,脸就会陷进你,/全身长满香喷喷的渣","紧张"亦指嘴使劲张开。两位诗人都关注了水果的外形、表皮与果肉,但旨趣判然有别。《橘颂》:"圆果抟兮,青黄杂糅,文章烂兮","精色内白,类任道兮";《致女苹果》:"果肉胖起来,也不会比我更胖。/你又何不放下身段,/脱去果皮,渗出新鲜汁液呢"。一个正经,一个调侃;一个天理,一个人欲;一个升华,一个"放下身段"。橘"淑离不淫";女苹果不淑("很毒")且淫。对于橘,屈原"愿岁并谢,与长友兮","可师长兮";杨小滨则对女苹果说:"我总是把你关在暗室里咬",颇有萨德意味,"暗室"通暗示,暗示了本诗的诱惑方式。《橘颂》反复陈述独立不改之志:"受命不迁","深固难徙,更壹志兮","独立不迁","深固难徙,廓其无求兮","苏世独立,横而不流兮";《致女苹果》中的"我"却十分善变:"没关系,你要吃掉我也行"。两首诗最大的区别在于,投射于橘的屈原之主体形象和人格理想是"后皇嘉树","秉德无私,参天地兮";而《致女苹果》的结尾是"没关系,你要吃掉我也行。/前提是,我是一只贪心的男毛毛虫",一种童趣语与色情语的矛盾混合,相对于世故、稳妥、正经、规矩、严肃、呆板、功利的意识形态话语,这两种话语均属"例外"——《橘颂》虽也提到小时候("嗟尔幼志")和美色("姱而不丑兮"),但整首诗完全是成熟的成人话语,且绝无色情,以"参天地兮"的橘树表达了成熟伟岸独立高贵的自我形象。耐人寻味的是:屈原"独立不迁"、"横而不流",但还是落入了封建士大夫话语系统的常轨;再看杨小滨,无论"世界的怀抱有多么透心凉",他仍虚与委蛇与之合作("你要吃掉我也行"),却是以一种另类和反叛的话语方式。"参天地兮"的橘树就像一根雄伟坚挺唯我独尊的阴茎兀立于世;"男毛毛虫"则是一条柔软渺小的阴茎,一个无限弱化的主体形象,它并非以一种拒绝的姿态静立在那里,无所作为,而是贪心、快乐、色情地漫游于苹果所象征的世界,无尽地探究着要玩着,那么这条被苹果吃进去的"男毛毛虫"会吃掉(解构?)苹果吗?我们最终发现,原来这首"缘情而绮靡"的艳诗,同时也是一首极为隐蔽的言志之诗、超我之诗,表达了一种典型的后现代立场和策略,那条"男毛毛虫"即象征了杨小滨的超我：一个天真、色情、矛盾、怪诞、自否、狡黠、异端、反讽、逆崇高、反升华、具有喜剧色彩的后现代主体。

屈赋亦属于幽灵写作，《离骚》的自我虚构、《九歌》的人神世界、《招魂》的幽冥之旅以及这些篇章的关键字"灵"、"魂"都说明这一点。通过幽灵写作突破狭小的个人生活空间限制，充分发挥超越时空的想象力，这是屈原和杨小滨的共通之处。他们的区别在于：屈原时代的人们信奉万物有灵的观念，楚国更是有着发达的巫文化，屈原的幽灵写作正是对此的积极应和与充分表现；杨小滨生活在一个彻底祛魅、物化的巨科技时代，他的幽灵写作既是对此的反抗，又是对某种迷信或宗教蒙昧主义的拒斥。杨小滨在《幽灵主义写作》中重点谈论了"语言的幽灵"，对于屈原如果说有什么语言的幽灵，那主要是指语言的通灵作用，而杨小滨既然拒斥了宗教迷信，也就否定了语言沟通神灵的功能，对他而言，语言的幽灵指向一种幽灵般的符号表现和意义效果。

符号本身只是一个个空虚的记号，是无所指的，能指的物质性就是指它的无意义性。譬如"女"，一般情况下指女性，在反讽意义上可能指男性，它也可以是星宿名，在文言文中还可以是第二人称，在比兴修辞中它甚至可以指涉任一事物。离开语境，我们根本无法谈论"女"的意义（所指）。而意义又是什么呢？简单地说，它是在能指链的运行中，在对意义的预期与回溯中形成的一种临时效果，一种幽灵般讳莫如深、简单明了、乍然闪现、欲说还休、残缺空白、繁复丰盈、或深或浅、或有或无的意义效果。在诗歌这一极端的语言艺术中更是如此，通过隐喻、转喻、反讽、双关、用典、互文等赋义手法，以及断裂、阻隔、省略、胡言等反赋义之举，诗歌将赋义活动变成在引诱与拒绝之间，在饱含深意、复杂多义与毫无意义之间的一场游戏、一种魔术表演。因此诗歌写作就是一种色情，它以花样百出臻于醉境的方式将意义（或无意义）赋予虚空的符号。当一首诗结束，意义便暂时凝定了，我们可以试着把捉它了，但也未必，诸如《谁怕女人民币》中"咬"、"腰"的涵义，我们还需要在女物系列诗的互文性中来把握，乃至在更广泛的互文关系中来考察，如此，意义的撒播甚至没有尽头。作为一名诗人，杨小滨希望读者重视一首诗的语言形式要素，如语音的肌质、诗行的韵律、语词的顺序、语调的变化、节奏的脉动、音节的安排、语法的模式等，而非仅仅关注内容，把一首诗缩减为意义；作为一个后现代主义者，杨小滨反对结构、统一性、整体、本质、深度之类的概念。于是他声称"诗只是一种语式，一种语言姿态，而不是深层意义的载体"①，"我的诗就是纯粹的包装，它就是与本质无关，与意义无关，与所谓的深层无

---

① 《诗歌中的现代主义和后现代主义论辩》，见《杨小滨诗学短论与对话》，312页。

关"①。这种诗学立场业已泛滥成新陈词滥调,我们最好视之为策略、姿态、误判或陷阱。意义的幽灵固然很难捕获,但也不易驱除,拿前面分析过的几首女物诗来说,它们不存在深层涵义吗?不过,也确有女物诗是反对意义阐释的"表面文章":

> ……
> 另一处颜射的日光腌制了月貌的腥泥螺。
> 从蟹酱里探出头,就能品尝男星期一的无味。
> 叩谢烂鱼额,就像叩谢炸焦的远祖。
> 把学踢毽子的海蜇赶回淫荡的睡梦。
> 把鳖灯挂到窗外,挂在女天的明灭间。
>
> ——《海鲜女酒楼用餐须知》

"须知"往往是无人称的,本诗也是如此。"须知"乃条目写作,条目与条目之间是并列或者说断裂的,本诗戏仿了这一点。"须知"没有深意,本诗亦然。"须知"理性、务实,本诗却是自由联想式的超现实写作。"须知"清楚明白,一看便知,本诗则是对"须知"的反讽,它有意味而无意义,不可知亦无须知,在这个意义上它又像大多数"用餐须知"一样,是一种

---

① 《语言包装或诗》,见《杨小滨诗学短论与对话》,22页。

貌似必要貌似有意义的废话，但与一般的废话不同，这首胡言诗因意义的空缺和表面的妖娆而充满诱惑，正如波德里亚所说，它"凸现了无意义能指的威力，荒唐能指的威力……人的理智无法抗拒咒语，必然会被意义轮空的地方所施咒"，因而某种诱惑策略便是营造深渊般的表面——"让意义疲劳，消磨它，弱化它，以便从零能指中，从空白词语中解放出纯粹的诱惑"。①

总而言之，杨小滨的诗是一种意义的迷踪拳，激发歧义也欢迎误读，有些地方我们需要上下求索，以便读出诗人的良苦用心；有些地方我们这样做可能就被他耍弄了，你只需去欣赏语言风景、享受语言的美味佳肴就够了，不必煞风景地去"悟道"。而哪些地方是深度意象哪些地方是文字游戏，并无规律可言。于是很有可能，他诗中的某个隐喻由于我们没读出寓意而被当成一句胡话，或某句胡话被过度阐释为隐喻。在这个过程中也没有一份《杨小滨诗歌酒楼用餐须知》或《杨小滨诗歌动物园游览指南》来指导我们，那篇《幽灵主义写作》也帮助不大，幽灵意味着神出鬼没、变化多端，意味着任何规则、惯例都可以被打破，一切都不足为凭。

屈原笔下的女子清拔孤洁，而在宋玉的辞赋及宫体诗中，

---

① 《论诱惑》，113页。

女性意象主要表现为一种妖妍之美。艳诗的黄金时代南朝，诗人们酷爱一个"妖"字，像"窗中多佳人，被服妖且妍"（鲍照《朗月行》），"妖闲逾下蔡，神妙绝高唐"（萧衍《戏作》），"妖女褰帏去，蹀躞初下床"（何逊《嘲刘郎》），"繁华炫姝色，燕赵艳妍妖"（萧纲《三月三日率尔成诗》），"戚里多妖丽，重聘蔑燕余"（萧纲《咏舞》），"小妇偏妖冶，下砌折新梅"（陈叔宝《三妇艳》），等等，均展示了一种艳丽、妖娆的诱惑，这也是杨小滨女物诗中"腰"的象征意味。诱惑，一如波德里亚所说，是一种"妖术和招术"、一种"符号的阴谋"，"诱惑与女性气质互相混淆，而且总是混淆在一起"，因而"男性诱惑者的不同招术便成了年轻姑娘的诱惑本质的反映"。[①] 我们由此可以理解宫体诗与女物诗之女主题女风格的缘由及其作为"妖术和招术"的写作技巧。当然，这两类诗的区别也很明显。

宫体诗顾名思义，乃宫廷生活的产物，苑囿、妓馆、筵席、邸第等既是宫体诗人的生活空间，也构成其诗歌的主要场景，这其中尤以闺中世界为抒写重心，宫体诗人的偏执欲望与拿手好戏，就是唯美而细致地表现这一世界。而杨小滨的女世界要广大得多，那是一个对称于全球化现实世界的世界。

宫体诗人和杨小滨都追求"篇什之美"，前者的方法是提纯、缩减、净化、隔绝，凡与女性美不相谐的事物都被排斥在

---

① 《论诱惑》，2页、3页、155页。

写作之外，以至于宫体诗往往唯美到虚空、俗套和极端狭小的境地；而在女物诗中，与女性美抵牾的事物，和女性相异的特质，现实世界的种种残酷、丑恶、庸俗、污秽……都有它们的女模特或女道具，由此呈现出一种与古典唯美大异其趣的"恶之花"式现代唯美。

宫体诗大体上是一种写实性的描写诗，一种对现实的唯美模仿。而女物诗乃是超现实主义写作，或者说"感性非现实"之诗。"感性非现实"是胡戈·弗里德里希在《现代诗歌的结构》中提出的一个概念，它指的是"变异了的现实材料往往是以词组来表达的，这些词组中每一个组成部分都具有感性特质。然而这样一种词组是以如此反常的方式来统一那些事实上不可结合之物的，以至于从这些感性特质中形成了一种非现实的构成物。这里涉及的始终是可以观看的图像。但是这些图像绝不会与肉眼相遇"[1]。"女＋某物"的词组本身就是不可结合之物的结合，这种结合使得女性特质女性美无处不在，虽然诗中看不到一个女人——这也是女物诗与宫体诗的重要区别；类似"女＋某物"的组合在女物诗中不胜枚举，它们构成了一系列富有魅惑力的画面，但与宫体诗中的场景不同，那一幕幕不可思议的画面绝不可能出现在

---

① 胡戈·弗里德里希：《现代诗歌的结构》，译林出版社2010年版，67页。

现实生活中。

即使那些不直接书写美女的宫体诗,也都是以美女为原型来状景写物的,秀丽之外甚而流露出香艳的女性化意味与色情倾向。这也是女物诗的基本方式。但宫体诗所咏之物要么是美女的陪衬、点缀,要么相谐于或相类于女性美;女物诗之物却五花八门,往往还是一般人绝然联系不到女性身上的事物,杨小滨把通常无诱惑甚至反诱惑的物象都变成了诱惑的物象,体现了一种出色的意淫才华。这种不可理喻的"女物"命名类似宫体咏物诗的拟人化手法,同时又呈现出后者所无的陌生化、喜剧化及玄学化的效果。说到玄学化的诗歌方式,那不仅是指把最不相关的事物、观念用奇喻之类的手段强行结合在一起,而且还要用诡辩的才智自圆其说,让荒诞的结合貌似合情合理地发展下去;在这个过程中诗人显得有些轻佻,他很清楚自己并非在寻找真理,只是在故弄玄虚。

宫体诗和女物诗均为诱惑之诗,但创作动机有所不同。无论怎样为之翻案,宫体诗说到底是封建贵族阶层对于他们奢华腐朽生活的唯美再现,以及与此相关的情色想象,诗中的诱惑与其说是美女的诱惑,不如说是上流社会生活的诱惑,"御花园"的诱惑。像这样的诱惑,本质上是一种拒斥。我们甚至可以说,宫体诗用美女意象与"篇什之美"包装和美化了一种其实肮脏罪恶的生活,这与当今社会中时尚杂志、偶像剧集或奢侈品广告之类对资本生活的包装美化如出一辙。而女物诗的写作恰恰要反抗这个由力量的透明原则充当主宰的布尔乔亚世界，诱惑我们进入一个诱惑所主导的象征世界。当然，按照波德里亚的观点，那些自以为在批判当代资本主义的后现代思想家，包括像杨小滨这样的后现代诗人或艺术家，其实无意识地充当了当今布尔乔亚诱惑意识形态大片的演员。一直藏身于阴凹处的古老诱惑，曾一度被物性的生产和理性的本质所排挤、遮蔽，如今却以凸显姿态报复性地成为布尔乔亚超级拟真社会的命运，一切都是诱惑，一切都不过是诱惑。当后现代人士打开表面的魔瓶、无尽游戏的魔瓶、无序漂移的魔瓶、偶然性与反实在的魔瓶，释放出诱惑的魔鬼，他们只不过是在为无意义生活施魅，并由此成为晚期资本主义的布展工具。这大概是所有后现代主义者都始料未及的。

宫体诗的诱惑主要是一种情境诱惑，通过营造一个个关于闺中世界的逼真假象来施展诱惑，其实它才是杨小滨所标榜的那种纯粹表面之诗，不载道也无深意，只有优美绮丽的语境、妖妍曼妙的语象、摇曳多姿的语态和绮縠纷披、宫徵靡曼的语调，在倾炫心魂地诱惑着我们。相比之下，女物诗诱惑的"妖术和招术"更丰富一些。譬如有类似电影里那种"杂耍蒙太奇"的手法：强烈突兀的转移、跳接而不追求叙述的连贯性和流畅性；在《女动物园游览指南》、《女银行物语》等诗中，有类似荒诞戏剧的场景与角色化对白（跟存在主义者不同，杨小滨消除了荒诞意识中的痛苦感："我们何不把这种荒诞看作是

一种可笑的、令人愉悦的东西呢?"①);女物诗还有无意义话语、不可读性的诱惑;以及侵凌性意向和"创伤性快感"的诱惑:

> 哦,是的……让血淹没您,每个器官……
> 深甜……只为了您
>
> "裸身,漂浮在殷红以降……
> 您会记得……葡萄尖叫不已……
>
> "请喝完她而……
> 为淤紫干杯……为伤口……
> 咬住她,咬碎
>
> ——《女葡萄的一次梦呓》

宫体诗与女物诗的情绪基调都是愉悦、快感、惆怅,但谙熟拉康著作的杨小滨在女物诗中给出了宫体诗所没有的侵凌性意向和"创伤性快感"——一种伴随着痛楚与罪感的极乐意识,一种令人战栗的体验。此外《女葡萄的一次梦呓》还有省略、空

---

① 《诗歌中的现代主义和后现代主义论辩》,见《杨小滨诗学短论与对话》,314页。

白以及僭越语言规范的诱惑。

宫体诗诱惑手段单一,又止于诱惑,女物诗则不然,它的魅惑中蕴涵着对语言可能性的探索,对现实的批判和反抗,对人性和精神世界的解析,以及对人生的深沉体悟:

我们走在女路上

远远跑来一条路,她用阳光
扑倒了我。但我的老年
根本看不上她积雨的锁骨。

被强吻时,我呕出了路的汁液。
春天,路拧干后更加没趣。
一踩秀发,我就跌入蜘蛛地图。

路抱紧我,仿佛我是她的恨;
路抽打我的步伐,像玩拨浪鼓。

她招展的舌为我指方向:
"过了晴天,不再会有江湖。"

我看不见正前方,因为路扭扭
捏捏,好像光明会有剧毒。

> 但远远地,另一条路在招手:
> 她的笑容也在另一边,看上去像哭。

这首诗可以和弗罗斯特的《一条未走的路》对照阅读。《一条未走的路》用一个很普通的现实场景隐喻人生道路,本诗则以奇幻的超现实景象来完成相同的隐喻与哲思;《一条未走的路》朴实严肃,本诗俏丽戏谑;弗罗斯特"走路"不疾不徐,有条不紊,杨小滨却蹦蹦跳跳,一路风骚,这体现了两位诗人迥然有别的诗歌风格与人生态度。除了向弗罗斯特遥遥致意,这首诗更互文于红色经典歌曲《我们走在大路上》,这首脍炙人口的作品创作于1963年,而杨小滨刚好出生于这一年,随后他便别无选择地走在了这支歌所咏唱的时代和人生道路上。因此本诗的标题既是对这支"阳刚"歌曲背后的意识形态的反讽,又暗示了这首诗的自传性。

本诗第一节写"我"少年时代被某个理想("阳光")强烈吸引("扑倒"),就此走上某一条道路的情景,对于杨小滨,那显然是指写作之路。"远远",意即"路漫漫其修远兮";"跑来"、"扑倒了我",仿佛一条可爱的狗偶然跑来和"我"玩耍,这一富有童趣的画面说明一切都始于童年的兴趣,在玩耍中来临,也并非主动、理性的选择,"扑"又有鞭挞义,如《史记·五帝本纪》"扑作教刑",预示了未来道路的艰险。"积雨的锁骨"进一步暗示了坑洼泥泞嶙峋难行之"路况",如果"我"当时拥有"我的老年"的经验和智慧,"我"会看清这一点,也就不会走上这条道路,但少年人只看到了这条路表面上的性感销魂的魅力("积雨的锁骨")。

女路之行最初并不愉快,我的感觉是难受的("呕出"),"没趣"的,整个人也是迷惘的("跌入蜘蛛地图")。如果联系杨小滨的诗歌生涯来考虑,第二节也是说,"我"开始有意识地阅读一些名著(例如以取经之路为主题的《西游记》),在这种刺激下,"我"零零星星写了一点,居然有些灵气("路的汁液"虽不是路,但有路的味道、路的意思);于是"我"做起了文学梦("春"指写作的最初阶段,亦有怀春义),而当"我"因这文学梦刻意去写而非随感而发("呕出"),"我"写下的东西反而是干巴巴的("拧干"与"汁液"相对)、"更加没趣"的;后来"我"写得好一些了,每每若有所悟("秀发"之"发"有启发、发动义),却陷入更大的迷茫。毫无疑问,文学那由无数杰作呼应、互文、联络而成的网络世界,就是一张等待捕获每一个文学少年的巨大蜘蛛网,它貌似有迹可循("地图"),实则是一座迷宫。

"路抱紧我,仿佛我是她的恨",我和这条女路的关系越来越紧密和亲密了,个中甘苦怎一个"恨"字了得:恨有恼恨、遗憾、不满诸义,更有爱意,这句诗构成"抱恨"意象,让我们想到《红楼梦》开卷诗中那句"更有情痴抱恨长",以及随后两句"字字看来皆是血,十年辛苦不寻常",表现了一名青年诗人与他的女路之间的痴情绝恋。在这个过程中"我"受到了严格的文学训练("抽打"扣"扑",有调教义,及虐恋之快感),逐渐("步伐")形成自己不太稳定的文学风格——"玩泼浪鼓":"玩",一种游戏、耍玩般的写作方式;"泼",活泼、欢喜的诗风,泼还有蛮不讲理之义(撒泼),或许暗指一种非理性的写作意识;"浪",骚货诗风;"鼓"有敲击义,可引申为批判性,还有凸起义,指向一种夸诞的表现主义风格;"泼浪鼓"是"拨浪鼓"的改写,这是否意味着杨小滨的写作在戏仿现实原型的同时,有意跟文学传统形成某种错位与差异?

"我"的写作摇摆不定("泼浪鼓"),女路于是发话了(用大师的舌头?):"过了晴天,不再会有江湖","晴天"呼应"阳光",青年时代的写作是晴朗的、情绪化的("晴"通情,这句诗化自一部网络小说之名:"江湖有情天"),"江湖",扣"泼浪",意味着各种门派和恩怨纷争,女路用那些伟大诗人的经历告诉"我",穿越摇摆不定的青春写作,必定会迎来一个逍遥自如的写作境界。

现实情形却是我看不见明确具体的方向,"我看不见正前方"换成《一条未走的路》中的表述就是:"视线被灌木丛挡住"。女路这时的表现耐人寻味,一方面"扭扭/捏捏"的断句给出了一个左摇右摆这里扭扭那里捏捏的风骚形象,暗示女路魅力不减,另一方面她反而含蓄不言了,扭扭捏捏的(与曾几何时的"扑倒"、"强吻"形成鲜明对照)。"我"恍然悟到理想的美妙灿烂就是她的"剧毒",想必每一个理想主义者、每一个奋斗者、每一个在写作的绝路上行走的诗人都对此深有感触。

"但远远地,另一条路在招手",显然是弗罗斯特所说的"一条未走的路","另一边"强调了这一点。"另一条路"的"笑容"当然也是诱惑(男高音、主持人、摄影师……的确有好多条路曾一一向杨小滨"招手"),但"我"已不可能爱上她,因而也就不会去走这"另一条路"了,这大概就是她"看上去像哭"的原因,同时也逗漏了"我"悲欣交集的矛盾心情。

本诗的韵法亦别有用心,第一个话语单元"远远跑来一条路"定韵,然后每小节都押此路韵,联系本诗的内容,这韵法显然象征了从少年时代定韵般立志起,人生就朝着理想一路奋进,和女路爱恨纠缠,迷茫中方向依稀,创伤里或有快感,艰险如此销魂,虽江湖路远,岔道丛生,仍不改初心,一韵到底。本诗既表现又隐喻,似乎也是有意"指事象谕,内外两言"地书写外在的人生历程与内在的精神里程,将两者一体存观。这条女路甚至不仅仅属于杨小滨,她也象征了所有诗人、奋斗者的人生道路(考虑到与《我们走在大路上》的互文,她也可以象征当代中国波云诡谲的历史进程)。这就是诗中书写"我"而标题为"我们"的用心所在。

《我们走在女路上》骚出人世沧桑之感,艳含复杂的内心世界，这种鸿丽深懿是宫体诗所无的。不过女物诗与宫体诗最大的区别不在于此，而在对待女性的态度上。

宫体诗人虽以女性为抒写重心，但他们并不尊重女性，后者不过是被其色情心理与审美意识把玩的对象，没有情爱可言，如此便不难理解，为何出现在他们笔下的女性多为娼妓、歌女、舞姬、妾媵；女性在宫体诗中甚至已被物化了，她们与其他出现在宫体诗中的物品都是被玩味之物，本质上没什么不同。宫体诗将"女"物化，而杨小滨将"物"女化。女物系列诗中，唯一一首直接抒写女人的作品是《女坏人之歌》，然而品读之下你会发现"女坏人"既不坏也非人，只是一系列春梦，她有时还是男梦呢，譬如"女坏人又轰隆隆奔来，唱短歌，喝烂酒"，就很像马骅。那么杨小滨为何要将"物"女化？

宫体诗人写衣、扇、镜、灯，写幔、帘、漏、床，是高度唯美化的，他们关注的是这些器物的美学价值而非实用价值。如今我们却生活在一个"功利唯物主义"的时代，物的实用性、功能性、技术性、使用价值、交换价值、商品价值被空前强调到一个地步，以至于一切都沦为物，被冰冷坚硬的物性所统摄。女物诗的写作就是要反抗这种状况，杨小滨试图通过以女名物，释放物的诱惑，凸显物的美感，想象物的灵性，创造物的象征价值，写出物之非物的一面。在某种意义上，杨小滨将女性神灵化了，万事万物都洇染上女性特质女性美（为什么不是"男物"？因为"作为性别的女人，她将是欲望的最后一位神灵化身"①）。这让我们想到英国浪漫主义诗人的泛神论思想：作为宇宙总体的上帝显现于万物之中，使万物皆具神性。但与浪漫主义诗人不同，杨小滨的"女性神灵"是一个非神化的神灵，她有时美好，有时丑恶，有时超逸，有时庸俗，但不管怎样都充满诱惑。按照对待女性的不同态度，我们可以将男性创作的文学大体分成两类：一类歧视女性，如宫体艳诗、《金瓶梅》，这类文学往往聚焦于女性的身体，或微妙含蓄或渲染铺排地处理色情这一主题；另一类讴歌女性，如屈骚、《红楼梦》、《神曲》，女性的精神品质、女性美被浪漫化和神化了。而杨小滨的文学抱负是结合这两类，一方面他要玩味女性的身体之美，投射力比多，享受诱惑和欲望，写一种雕藻淫艳的色情诗，但由于色情把玩的对象说到底是物而非女人，所以谈不上歧视或玩弄女性；另一方面他又要写一种女性的赞美诗，让"欲望的最后一位神灵化身"在种种物事上显灵，但又并不将她神圣化、绝对化。这种结合的尝试几乎表现在每一首女物诗中——尤其是那些以爱情为主题的女物诗。

四

宫体诗有艳无情，女物诗却不乏诱人而动人的爱情之作，

---

① 《论诱惑》，3页。

前者实际上是用艳情来状景咏物，后者则是伪装成咏物的抒情，萧纲的《咏风》和杨小滨的《一阵女风吹来》完全体现了这种差别：

咏　风

楼上起朝妆，风花下砌傍。
入镜先飘粉，翻衫好染香。
度舞飞长袖，传歌共绕梁。
欲因吹少女，还将拂大王。

这风多么"风流"，就像一个寻香戏美的荡子，轻薄戏弄着某个能歌善舞刚刚起床的佳人。原本来无影去无踪的风被写得确切实在，而佳人却像风一样在犹不在，或者说她只有被吹拂戏弄的意义，她的存在只是为了衬托风；风作为诗人色情心理的拟物被凸显、前置，这种心理意识的对象却虚空化了，我们从中能感觉到一种佛教的色空辩证法的味道。前三联属于宫体诗的固定套路，尾联微透风谏之意，这是用"诗末之巧"来展示文体意义。"吹少女"典出《三国志·管辂传》"今夕当大雨……树上已有少女微风"；"拂大王"典自宋玉《风赋》，该赋将风分成富贵的"大王之雄风"和贫贱的"庶人之雌风"，借以讽谏楚王。"雌风"、"少女风"可以视为"女风"的原型。

一阵女风吹来

一阵女风吹来,却没有带来女雨。
我有点紧张,起了鸡皮女疙瘩。

一阵女风吹来,传来远处的女音乐。
我好悲伤,留下女眼泪不说,
还写了一首女诗。

一阵女风吹来,我根本睡不着女午觉。
不管谁丢下女脏话。

一阵女风吹来,女电话铃响起。
也听不清女英文。女街上
女灯点亮了我的女欢喜。

一阵女风吹来,女烟一缕飘忽在
飞驰的女火车上,像女刀割破男时间。

女风所到之处,无物不女,正如相思之情、心头倩影会沾染、投影于四周的任何事物;女风所到之处,"我有点紧张","我好悲伤","我根本睡不着","女灯点亮了我的女欢喜",这些情态显然属于一个恋爱中的男人,恋爱中人的情绪逻辑正如罗兰·巴特《恋人絮语》所说:"我有我的逻辑;我既欢乐又悲伤,同时并举,尽管两者相互悖逆"①。《咏风》是男风戏弄美女,风既轻薄,作者亦"客观"写来,并不动情;本诗则是女风在撩拨"我",完全就是一个恋爱中的男人所写的"一首女诗"。《咏风》折射出玩弄女性的贵族生活;本诗表现了一个普通男人恋爱中的日常生活。《咏风》措辞富丽绮艳;本诗用"鸡皮女疙瘩"、"女脏话"打破了那种古典唯美。《咏风》以"诗末之巧"表达讽谏之意;本诗结尾亦别有寓意。那飘忽的"女烟一缕"正如爱情、诗歌的朦胧缥缈,"飞驰的女火车"则让我们想到冷酷坚硬、目的明确、追求速度的唯发展主义,它对应于象征社会历史进程的"男时间";而情感、诗歌那柔软的质地、朦胧的形态、回旋往复的缭绕、无用之用、慢之美,也是她们"割破男时间"的深刻魅力。

《一阵女风吹来》采用了爱情女物诗的基本方式,既暴露又隐藏、掩饰,用象征暗示的手法进行"隐匿书写",而非直白叙述一段恋情,这也是李商隐的方式。从"女烟"、"女火车"、"女刀",我们可以猜想诗人的意中人大概是个难以捉摸、充满激情、个性强烈甚至酷到颇有男子气概的女人。《为女太阳干杯》、《给女太阳挠痒》等诗也印证了这一点。《为女太阳

---

① 罗兰·巴特:《恋人絮语》,上海人民出版社 2004 年版,18 页。

干杯》是杨小滨所写的第一首女物诗,可见是爱情给予他写作女物诗的直接灵感。

太阳是一个被政治过度借喻的能指,在某种意义上可以说,当代中文诗歌作为一场语言的自新运动,肇始于冒着危险"为太阳重新命名"①。这种命名往往是贬斥性、否定性的,以间接实施一种政治批判意图,从七十年代初芒克的"太阳升起来/天空——这血淋淋的盾牌"(《天空》),直到上世纪八十年代中后期,我们还能在一些重要诗作中频频读到这样的诗句:"我们憎恨太阳"(翟永明《静安庄》),"污点般的太阳"、"巨大的太阳所带来的黑暗"、"向地下室病态的太阳走去"(孟浪《凶年之畔》);另有一些诗人虽赞美太阳,但将太阳的头衔夺取过来,据为己有,"太阳是我的名字/太阳是我的一生"(海子《祖国,或以梦为马》)。进入九十年代,太阳的政治意涵和贬义色彩在诗人的写作中逐渐淡去,一些诗人厌倦了太阳的各种象征意义,"希望还事物本来的面目……/太阳就是太阳/而不是政治学中的名词"(孙文波《在疯狂的……》);对于更多诗人来说,太阳已泯然众词矣,它可以在充满快感的修辞活动中被赋予任何涵义,只是不再寄托反抗精神。杨小滨的写作深刻地参与了这场修辞风尚的变迁。早年他不会认同海子那高扬

---

① 北岛:《汉语诗歌再度危机四伏》,见《文学报》2009 年 11 月 19 日。

自我主体意识的太阳，他在《使徒书》中讽刺道："是谁渴望阳光像暴雨般倾泻？/刺痛的阳光，把风景拧得更紧"，结尾更是尖锐的批判："圣徒的凶器/不是明天的金子就是昨夜的诗篇"；那时杨小滨的太阳类似孟浪笔下那颗："洗掉大海里的盐/有洁癖的鱼死在太阳下"（《日常悼歌》），"……追随着我们/一边秋后算账，一边暗送秋波"（《四季歌·秋》）。后来杨小滨也不会认同孙文波的还原，本义、本真、本质乃是他要否定和拆解的；他投身于文本享乐主义大潮，但并没有放弃批判精神，只是从早年那种控诉式的，意指相对明确单一的象征主义，变成了反讽性的，暧昧多义的寓言写作，如"太阳掉在社论里，像蛋黄/在油锅里噼啪响"（《老东西·无线电》），这种风格在女物系列诗中更是表现得淋漓尽致。

为女太阳干杯

不过，当太阳蹲下来嘘嘘的时候，
我才发现她是女的。

她从一清早就活泼异常。
树梢上跳跳，窗户上舔舔，有如
一个刚出教养所的少年犯。

她浑身发烫。她好像在找水喝。
我递给她一杯男冰啤：
"你发烧了，降降温吧。"

她反手掐住我脖子不放：
"别废话，那你先喝了这口。"
她一边吮吸我，一边吐出昨夜的黑。

"好，那我们干了这杯。"

瞬间，她把大海一口吸干，醉倒在地平线上：
"世界软软的，真拿他没办法。"

这首诗至少有状景咏物、政治和爱情三种读法。

它首先是一首状景咏物的作品，用宫体诗的艳情化咏物的手法及荒诞戏剧的西式手法书写了一次美妙的日出，塑造了一个极具陌生化效果的太阳，一个被热恋中的男眼所发现和发明的女太阳。考虑到古今中外这一题材的佳作难更仆数，能够写出如此新意已属难能可贵。

作为政治的读法，我们需要弄清诗中那些非政治之物的政治意涵。"女太阳"，类似"女领袖"，及"女动物园"中的九尾狐阿姨、火凤凰，指向一种女色相化权力布展的后专制和欲火焚身的社会发展状况。"嘘嘘",指代撒尿的流行语,在字典中"嘘"有三义:一、火或蒸气的热力接触到物体,此义呼应女太阳之欲及下文"她浑身发烫"云云;二、表示禁止、驱逐的叹词,该义直接关涉专制,应和"教养所"、"掐住我脖子不放";三、一种起哄式的反对之声,本诗即是对女太阳的一种嘘声。"少年犯",暗示曾经的罪行,"昨夜的黑"亦然。"男冰啤",一种直白批判的对抗性写作,虽有"降温"作用,但容易被女太阳控制、禁止("反手掐住我脖子不放"),效果并不好。而杨小滨的策略不是明火执仗的对抗,而是虚与委蛇的合作("好,那我们干了这杯"),这种貌似共谋的方式"软软的",让女太阳"拿他没办法",且非常有效,使女太阳"醉倒在地平线上"——地平线总在前方,预示了一种前景。由此我们才能真正明白标题中"干杯"的寓意,它意味着合作,却又将"不"隐藏于"杯"中,表现在一种醉与悦的方式里。

称恋人为"女太阳",不知是否受到德语太阳之阴性词性的启发,但几乎可以肯定与意大利民歌《我的太阳》有关。这首被许多男高音歌唱家演绎过的民歌,也是业余男高音杨小滨的最爱(他曾写过一篇《聆听〈我的太阳〉的十三种方式》),这首民歌中的太阳就是指爱人或爱人的眼睛。作为一首爱情诗,本诗通过和《我的太阳》的互文赞美了恋人的魅力,以及"我"对她的深情;其次,太阳暗示她的男子气概,本诗开头用"才发现她是女的"强调了这一点;第三,阳光普照万物,女太阳的命名充分表明把女性当成"欲望的神灵化身"的意图,不过"少年犯"的譬喻说明诗人并没有将女太阳神圣化,在他眼中,她还是个淘气、叛逆的少女呢。"刚出教养所的少年犯"肯定想着尽情释放压抑已久的欲望,女太阳也是如此,对性事异常主动,夜里肯定欢好过,可她大清早又不安分了,"浑身发烫",向"我"求欢。"我"的冷处理并不奏效,反被她"掐住脖子"接吻("喝了这口"),于是又开始做爱,"干了这杯"之"杯"象征女阴,而"地平线"乃是天地相交之线,最后"我"已疲软,女太阳还意犹未尽。

  用一种夸张的富有想象力的方式将太阳拟人化,这种写法始于屈原的《九歌·东君》。《东君》也写到一个饮酒的太阳,"援北斗兮酌桂浆";它也是一首政治抒情诗,赞美了太阳神的威权、勤勉,及其与恶势力的斗争——"举长矢兮射天狼",古人认为天狼星乃象征贪残的灾恶之星;《东君》也强调魅惑,"羌声色兮娱人";《东君》中没有描写爱情的笔触,但《九歌》中的《云中君》表达了对太阳神的敬爱与相思之情。当然《东君》是一首男权男性美的颂诗,而《为女太阳干杯》是对阳物中心主义的反讽式批判,对女性美的反讽式赞美。整部《九歌》是一组大型乐神仪式诗,给出了波德里亚所说的那种具有原始本真性的象征交换场景,《为女太阳干杯》则是一首伪象征构境之诗,是对本真象征交换的幽然一瞥,并以此宣告了后者的永恒逝去。杨小滨未必读过萧纲的《咏风》,至少他写

《一阵女风吹来》时大概不会想到《咏风》，但《为女太阳干杯》应该有和屈原对话之意。身为一个后现代主义者、一个似乎很西化的诗人，杨小滨绝非视传统为无物，而是视之为幽灵。作为幽灵，传统不是想摆脱就能摆脱的，它会在写作的无意识深层起作用；它也不是想拥有就能拥有的，只有与之建立一种内在的对话关系传统才会"显灵"，这对话即改写，一种有意无意的改写，一种和传统形成某种错位和差异的深刻改写。如此，《为女太阳干杯》也是一首"阐发"杨小滨的写作立场、策略手法、风格意识、诗歌观念的元诗性作品；换言之，在状景咏物、政治、爱情等主题之上，诗是这首诗的根本主题。

《给女太阳挠痒》是《为女太阳干杯》的延续，后者是日出景象，前者叙述太阳一天当中的运行：

> 她一笑，世界就透不过气来，
> 汗津津的秘密峡谷，
> 她有春天的风和脾气。
>
> 她荡漾，撒几片晨曦，
> 身段红起来，让我的
> 懒腰里也涌出花朵。

她喊来另一次潮汐，

高亢处，正午黑暗降临，

叫醒我深海的幻影。

她丢出星星般的眼神，

告别西天取来的美酒。

她一醉，世界便呢喃成颤音。

"挠痒"之"痒"首先是赞颂女太阳的美貌，因为"美起来就会痒的"(《一家名叫"骚货"的时装铺》)；其次痒可喻难以抑制的想做某事的强烈愿望，故"挠痒"指满足女太阳对性事的过度欲求；挠痒又是个亲昵、嬉闹的动作，诗人用一首挠痒之诗对女太阳之欲来了个玩笑式微讽；挠痒会使人发笑，本诗正是从女太阳的倾城"一笑"写起。《一阵女风吹来》可作女太阳那"春天的风"的注脚，至于她的"脾气"，我们将在《女气象图说》中充分领教。《给女太阳挠痒》是一首比较纯粹的性爱之诗，"晨曦"、"正午"、"西天"，朝朝暮暮，整日缠绵，虽然像"正午黑暗降临，/叫醒我深海的幻影"这样的诗句有对现实和历史创伤记忆的些许影射，但主要是表达一种创伤性快感的高潮体验，正如"西天取来的美酒"暗示了向死亡僭越的极乐。

"世界便呢喃成颤音"提醒我们一种"恋人絮语"般的抒

情方式，痴言、谵语、胡话、梦呓，情感掀起的语言的湍流和漩涡，情话之舞，对词语实施的性诱惑，置于迷失之境的表达，这些就是爱情女物诗的语言特征。和罗兰·巴特的《恋人絮语》一样，爱情女物诗也是由诱惑、欲望、想象和心迹表白交织而成，并且同样杂乱无章，拆散了通常的恋爱故事结构。不过我们还是可以整理出一个顺序——尽管这样做有些煞风景，将原本被恋人视为超逸与迷狂的一系列（语言）情境，纳入了与社会妥协的形式。

风乃起兴之物，《一阵女风吹来》描写的正是刚刚相爱的情景；太阳炽热，两首"女太阳"书写热恋中的交欢；有欢聚就有难舍难分的送别，"晕！这一杯锋刃还不够疼吗"，"一生的送别不都要哼唱杨柳依吗"（《请喝女啤酒》）；有离别就有相思，"藏进心里，掏出来就更新/扯成丝，要变无事忙"（《我心里有个女秘密》），"扯"即裂开、分开，"丝"即思，如李商隐的"春蚕到死丝方尽"；就女太阳的女刀个性来说，发怒、争吵很自然，《女气象图说》便是用自然气象图解她的生气之象："从身上撕掉了云/把纠缠的雨泼在一边"（不再"云雨"），"有雷声揉成一团倾诉"，"月光几乎是砸过来的"，"让人滑到的不是霜/是脸色"，"起先是泪花，然后换成冰花"，"谁吐出了七星暴风剑"；在《女气象图说》的情势下，分手大概无可避免，《下坠的女时钟》表达了分手前的痛苦预感："在落地前的一瞬间闭上眼睛"，"一次撇嘴，和一生的绕行"，"但时钟漏掉了时间/它着地的时刻,时光炸开了天堂",男时间中再没有授时的女太阳,因此用"它"而非"她"来指代"着地"的时钟;《女年女月女日的故事》是对这段感情的概述、总结:起初"我们在雾里互相叫喊",后来"我们约在堤岸上热吻","我们光溜溜地撞弯了",最终"我们晾在沙滩上,被踩得稀烂";而爱情女物诗的尾声无疑是"此情可待成追忆":

怀念女卵石

在海滩上,那些光滑精灵,
像掉落人间的白矮星。

我曾经把她们扔进海里,
看海面能升得多高。

卵石比暗礁狡猾,从不悔恨
时间被砸得七零八落。

一个世界丢掉不再回来。
我手里漏走了她们的满不在乎。

海风吹过指缝还剩下什么?
乌云呕吐了浅滩就散去。

> 我揣摩不透卵石的硬心肠,
> 可不可以留给浪尖轻薄。
>
> 但她们是我葬身之地,
> 咬不动,却圆润无比。

本诗与杨小滨在台湾海边一次大醉与痛哭的经历有关,也多少受到法国超现实主义诗人艾吕雅那句"爱情是在阳光下欢笑的一颗卵石"启发,杨小滨曾在《感性的形式》一书中引用过这句诗,他同时也引用了拉康对它的赞许,"多么漂亮的一个隐喻,我简直可以花一整个研讨班就单单为了讨论这一句诗"。①

卵石有正负两种象征义。卵石之"卵",它那赤裸光滑的形象、精美灵秀之感,无疑是性感、性爱、性灵的象征,引发了"我"的正向移情;而卵石冷与硬的质地则是无情的象征,让"我"产生怨怼的负向移情。面对一场无可挽回的爱情,本诗展示了一个在移情的悖论中进行内在对话,最终自我说服的过程。

前两节主要是正向移情,写"我"站在"海滩上"(情欲

---

① 杨小滨:《感性的形式》,台湾联经出版社 2012 年版,33 页。

之海的外面),感叹女卵石是落入人间的精灵,"掉落"隐隐有失落之感,及落泪意味;诗人之所以把女卵石比喻成白矮星,是因为太阳在能量释放殆尽时会变成一颗白矮星,这也说明本诗密切应和着其他爱情女物诗。女卵石曾被"我""扔进"情欲之海,由此带来多少爱之激情与性之高潮("看海面能升得多高"),"扔"字已有负向移情倾向,微妙的是,它不仅有抛出义,还有强力吸引、牵拽义(如《道德经》"攘臂而扔之"),传递了一种纠结之感。

第三至六节,女卵石的负象征义以及对应于此的"我"的负向移情占了上风。我们看到在正向移情中被赞为"光滑精灵"的女卵石,变成一副"狡猾"的样子,暗礁浑身岁月沧桑的痕迹,藏于海底亦仿佛有某种悔意,而女卵石光滑如初,"从不悔恨"男时间被她"砸得七零八落"(《下坠的女时钟》已写到被砸坏的时间,《女气象图说》则有"月光几乎是砸过来的")。女卵石那"满不在乎"、"硬心肠"的绝情一面更是被着力书写,而诗人的用词,如"暗礁"、"狡猾"、"砸"、"七零八落"、"丢掉"、"漏走"、"剩下"、"乌云"、"呕吐"、"轻薄",明显承载着贬低、负气、怨恨的负面情绪。

然而第三至六节亦通过互文、双关等手段,暗写女卵石的正象征义及"我"的正向移情,以此进行内在对话。"狡猾"透出"光滑精灵"之感,女卵石的"从不悔恨"、"砸"(如事办砸了),逗漏了"我"的眷恋。"一个世界"呼应《为女太阳干杯》"世界软软的",《给女太阳挠痒》"她一笑,世界就透不过气来"、"她一醉,世界便呢喃成颤音",乃是一个男欢女爱的世界,在此语境下"丢"亦流露出(古典艳情小说常用的)高潮义,类似《给女太阳挠痒》"她丢出星星般的眼神"。"满不在乎"有"满"与"不在",指向女卵石的离去和她带给"我"的怀念之满,并反衬出"我"的在乎。"海风"作为负向移情让我们想到《女气象图说》"谁吐出了七星暴风剑",作为正向移情又呼应《一阵女风吹来》及《给女太阳挠痒》"她有春天的风和脾气"。"乌云"之"呕吐"即雨,故"乌云呕吐"有云雨意,"浅滩"、"散去"反写出"我"的"深海"和不愿散去。"我揣摩不透卵石的硬心肠"亦有抚摩卵石之意,"硬心肠"折射出"我"的心软与柔情。"可不可以留给浪尖轻薄"十分奇崛,它是强烈的负向移情语,试图尖刻否定昔日的欢爱,同时又于矛盾、犹疑中("可不可以")向女卵石吐露真情。女物诗(以及杨小滨其他诗作)诙谐玩闹、戏仿调侃,以反讽轻薄着世界,以至于轻薄俨然就是杨小滨的标志性风格,他不仅承认甚至着力表现这一点,但这里亦是对轻薄的反讽,对轻薄的轻薄,极端地表达了对女卵石的无限深情,正如"浪尖"有种尖锐的刺痛之感。

正向移情与负向移情的交锋与交融,终于在最后一节获得了象征性的解决,但那不是释然,不是正负抵消的空无。一方面,"但她们是我的葬身之地"是负向移情的高潮,一种将

"我"投入死亡的驱力;另一方面,这里已没有怨恨,死甚至是一种"我"所渴望的销魂境界,虽欢爱不再("咬不动"),"却圆润无比"——指向卵石的至高象征义:圆满、润泽、永恒。在此象征意义下,最后一节也流露出元诗意味:诗就是"我"作为一个诗人的"葬身之地",它们并非真实的色情("咬不动"),却有着"圆润无比"的艺术魅力。

这就是杨小滨的"石头记"。

五

女物系列诗显然是罗兰·巴特所说的"悦之物",这"悦"实际上包涵了悦与醉两方面:"悦之文"在巴特看来大抵与一种享乐式的文化保守主义有关,它是"欣快得以满足、充注、引发的文;源自文化而不是与之背离的文",作为文化养生术,其特征为"古典作品。文化(愈是文化的,悦便会愈强烈,愈多姿多彩)。灵性。反讽。优美。欣快。得心应手。安乐";"醉之文"则意味着一种在艺术上十分激进、冒险的先锋主义,它极端反常,不停变化,甚至逸出悦,击碎悦,臻于性高潮式的销魂境界,它是"置于迷失之境的文,令人不适的文,动摇了读者之历史、文化、心理的定势,凿松了他的价值观、趣味,它与语言的关系处于危机点上"。而杨小滨就像罗兰·巴特说的,"将两种文均立于他的领域,悦和醉之缰也均持于手中,因为一切文化的深长的享乐主义及对那一切文化的毁坏,他均分享,参与,呈同步而矛盾状:他欣赏着他的自我的坚一(此乃是其悦),寻觅着那自我的迷失(此则是其醉)"。① 不过,杨小滨有时写得简略了些,这让其诗歌之悦稍显不够"深长"。

女物系列诗不仅是悦之物,亦为居间之物,这意味着她们既是物世界的镜像,也是主体的镜像。

波德里亚在其早期著作《物体系》中指出:"今天,物品虽然由天真的万物有灵论和过度的人性化中解放出来,但今天物品却是在它自身的技术存有中……找到了它的现代神话逻辑元素。"② 而他中晚期的《论诱惑》和《致命策略》分别探讨了当今拟真世界中物品的诱惑原则与致命策略。作为妖术和招术,诱惑总是通过走向极端来表现自身,用波德里亚的句式来说就是"比××更××"(如"比真实更真实"、"比虚幻更虚幻"),因此拟真世界不再是一个达至平衡或协调的辩证的世界,而是必然会走向激进的对立、极端的并置,这就是它的致命策略。总之物的"现代神话逻辑"应该就是指具有物活性的物在诱惑原则的支配下向致命策略发展,诱惑之物由于吸收了对立面的能量而成为一种被强化的、狂喜并威力无穷的致命之物,波德里亚预言它会向人类展开其"水晶复仇"。女物诗俨

---

① 《文之悦》,23页、63页。
② 波德里亚:《物体系》,上海世纪出版集团2001年版,132页。

然是关于物的后神话主义写作,其中诸多篇什,如果在赋而不是比兴的意义上来阅读,可能更加意味深长,昭示出物与主体的极端命运。

譬如《致女苹果》,那枚"有毒"而又极其诱人的苹果有可能吞噬"我",当"我"像一条"贪心"的毛毛虫时——这甚至不是科幻寓言,因为已有不少食物吃人的事例。再譬如《海鲜女酒楼用餐须知》,营造了一个妖异的感官世界,魔幻的装潢与布景,炫奇的声光电技术,曼妙服务的艳丽女子,色香味器形的菜肴,将性诱惑与美食诱惑发挥到极致,古人的"游仙"想象就这样变成了超级现实,我想北京、上海或广州可能就有这样的酒楼,甚至将此诗当成这些酒楼的写意或《用餐须知》亦无不可,它告诉你,这里就是把不可能变成现实的神仙窟,远远超出你的理解和想象,置身其中你唯一需要去做的就是享用。女物诗不仅写出了物之诱惑性,亦写出了物的致命策略,其基本表现就是用趋于极端的对立、并置彻底打破平衡或相互转化的结构。《谁怕女人民币》改写的《松花江上》歌词中有天堂和地狱的并置,《女银行物语》有红白喜事的并置,《我们走在女路上》有"看上去像哭"的"微笑",《为女太阳干杯》阴阳并置,《怀念女卵石》更是"葬身之地"与"圆润无比"的并置,这种极端的并置指向女物的致命诱惑。也许人类的"葬身之地"就是一个充满诱惑、"圆润无比"却再也无法享用("咬不动")的物世界。

但如果换个角度观察，你会发现女物又关涉着欲望主体的幻想结构，也就是拉康所说的"对象 *a*"的一系列替身或类象。如果说对象 *a* 是神秘的不可能的欲望对象——原因；那么正是这种不可能性，使其成为了主体在幻象中通过对象的不断替代来寻求的东西，它催动着主体的想象的激情，同时也标记了主体的匮乏和失败。欲望主体这种知其不可为而为之的追寻，指向了"jouissance"。

巴特的《文之悦》中被译为醉的"jouissance"一词，在法语中内涵十分微妙丰富，其原始意义涵盖了快感与合法性的语义范围，它既可以指对权利、特权、财产的享用——占有，也可以指对某个能引发快感的对象的享用——占有；在更流行的用法中，它有性亢奋的意思，但也可以反过来指涉伴随着知觉的暂时丧失的强烈痛苦的经验。① 身体层面的情欲亢奋或性快感，心理层面的享乐，政治和律法层面的权利或财产的享有，宗教和伦理层面的极乐或放纵，如此多重的涵义扭结在一起，令"jouissance"一词很难翻译，其汉语译词大致有"醉"、"快感"、"享乐"、"狂喜"、"原乐"、"欢愉"、"极乐"等，杨小滨则将它音译加意译地翻译成"绝爽"②。这个词不仅为巴特所

---

① 大卫·梅西对"jouissance"一词的考证，见吴琼：《雅克·拉康——阅读你的症状》下，中国人民大学出版社 2011 年版，687 页。
② 《毛世纪的"史记"：作为史籍的诗辑》，见《杨小滨诗学短论与对话》，227 页。

重,更是拉康精神分析学的一个核心概念,而女物系列诗在我看来,正是拉康意义上的"绝爽之诗"。

拉康并没有给予绝爽一个固定的解释,但他提供了理解绝爽的一些重要维度,这些维度对于我们深味女物诗亦大有裨益。首先,绝爽是一种享受,对欲望及欲望过程的享受,正如拉康所说:"主体不是简单地满足欲望,他在享受欲望,而这正是他的 jouissance 的一个本质维度。"① 女物诗显然是"享受欲望"的文学表达,同时也给读者带来莫大享受。其次,绝爽追求超越快感原则的过度享受。宛如女银行、女领袖、女太阳,绝爽总是要求"再来一次"("encore"),要求更多更强的快感、极度的快感。在求绝爽意志的驱动下,女物诗妖淫以抒情,突破了传统抒情诗的载道律令与"中和"风格(哀而不伤,怨而不怒,温柔敦厚,适度欣快等),表现出一种倾炫心魂的极端之美。第三,绝爽有僭越性,拉康说过,没有僭越,就无法通向绝爽。僭越什么呢?僭越快感原则,僭越父法禁令。绝爽永远会遭遇父法的禁止,但这禁止也为绝爽提供了可能的入口,它使得对法的僭越构成了一种强烈的诱惑,"jouissance 方向上的僭越要想发生,唯有它受到相反原则、受到法的形式的支撑",这种僭越性在爱情女物诗、政治抒情女物诗中尤为突出。第四,绝爽具有悖论性质。主体因享受欲望而追

---

① 转引自《雅克·拉康——阅读你的症状》下,691页。

求过度之欲，并由此导致僭越的发生，但僭越的结果不是获得更大的快感，反而把主体引向罪，引向痛苦，并最终引向致命的诱惑——死亡。因此求绝爽意志亦有死亡驱力的特点，主体的命运就深深锚定在一种可怕的本能辩证法内部。当我们以此视线来阅读女物系列诗，我们会发现充满快感与享乐的女物诗们也是一曲欲望主体的悲歌。在求绝爽意志的驱动下，那个幽灵般的主体不停地在幻象世界中追寻对象 a 的女替身，享受着对女世界的欲望，承担着主体的匮乏，在这个过程中他僭越快感原则，僭越父法，追求极致的快感，在一个既可恨又可爱的女世界展开了欲望之旅的冒险。然而对象 a 始终深晦，绝爽不可抵达，他那销魂的冒险最终将他引渡到某种境地——那里有"西天取来的美酒"，那里"时光炸开了天堂"，那里是"咬不动，却圆润无比"的"葬身之地"……

2012 年 11 月于百望山

图书在版编目(CIP)数据

洗澡课/杨小滨著.---上海:华东师范大学出版社,2017
ISBN 978-7-5675-6905-8

Ⅰ.①洗… Ⅱ.①杨… Ⅲ.①诗集—中国—当代 Ⅳ.①I227

中国版本图书馆 CIP 数据核字(2017)第 225055 号

华东师范大学出版社六点分社
企划人 倪为国

本书著作权、版式和装帧设计受世界版权公约和中华人民共和国著作权法保护

洗澡课

著　　者　杨小滨
责任编辑　古　冈　徐　平
封面设计　蒋　浩

出版发行　华东师范大学出版社
社　　址　上海市中山北路 3663 号　邮编　200062
网　　址　www.ecnupress.com.cn
电　　话　021-60821666　行政传真　021-62572105
客服电话　021-62865537　门市(邮购)电话　021-62869887
地　　址　上海市中山北路 3663 号华东师范大学校内先锋路口
网　　店　http://hdsdcbs.tmall.com

印　刷　者　上海盛隆印务有限公司
开　　本　787×1092　1/32
插　　页　2
印　　张　8.75
字　　数　160 千字
版　　次　2017 年 11 月第 1 版
印　　次　2017 年 11 月第 1 次
书　　号　ISBN 978-7-5675-6905-8/I·1757
定　　价　58.00 元

出版人　王　焰

(如发现本版图书有印订质量问题,请寄回本社客服中心调换或电话 021-62865537 联系)